KB119726

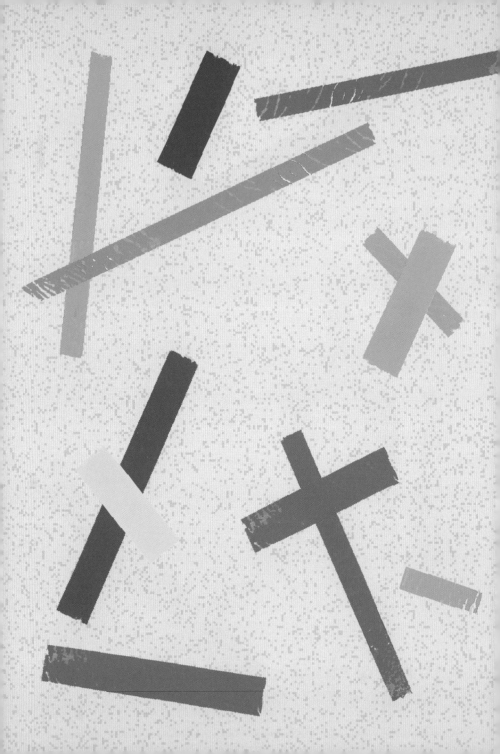

재능을 돈으로 바꿀 수 있을까

재능을 돈 바꿀 수 있을까
으로

프리랜서의
절망과 희망 편

엄 주
지 음

위즈덤하우스

대학 시절 어느 날, 컴퓨터 화면 구석에 늘
열려 있던 채팅창으로 받은 한 그림 이미지가
지금도 기억에 선명하다. 여성으로 짐작되는 인물이
자신에게 씌어 있던 동그란 얼굴, 큰 눈,
긴 머리카락, 커다란 가슴의 허물을 벗어 손에 들고,
다른 쪽 팔로는 허리에 손을 짚고 서서 정면을
응시하는 그림이었다. 아마 그때가 내 생애 처음으로
시각 예술의 영향력에 대해 진지하게 생각해본
순간이었을 것이다.

거뭇한 겨드랑이를 드러내며 팔을 시원하게 들고
있는 한 여성(으로 짐작되는)이 그려진 그림. 엄주
작가를 좋아하게 된 한 장의 그림이다. 그 그림을
마주한 순간 마치 내 겨드랑이에 햇살이 내리쬐고
바람이 부는 것처럼 시원했다. 그 호쾌한 그림을

사방팔방에 보여주고 싶었다. 한 번도 자유롭게
번쩍 들어보지 못한 겨드랑이의 그간의 서러움을 이
그림으로라도 대신해 풀어주고 싶은 내 소심함의
작은 춤사위로서 말이다.

　엄주 작가의 글을 읽으며 그때 내게 시원함과
고마움을 건네준 그 그림이 세상에 나오기까지의
치열한 고민과 점검을 엿본다. 한순간에 시선을
사로잡으면서도 동시에 세상에 나쁜 영향을 끼치지
않는 것을 그려내고픈 작가의 뜨거운 마음을 읽는다.
그가 자신의 세계에서 지켜내는 그 굵은 선, 그
안에서 얼마나 많은 이들이 자신에게 향하던 그릇된
시선 한 꺼풀을 밀어내며 위로받을는지 상상해본다.
참 고마운 창작자다. 내 겨드랑이도 그에게 은혜를
입었다. 비언어 예술이 가진 힘과 함정에 마주 서서
자신이 갈고 빚은 무기를 들고 쉬이 타협하지 않는
엄주 작가가 있어주어 고맙다.

이자람
작가, 공연예술가

엄주 작가의 그림을 오래 좋아한 팬으로서
왕성한 생산성에 늘 감탄해왔다. 클라이언트가
되어 작업을 부탁해본 적도 있다. 체계적인 의뢰서
시스템을 만들어두고 효율적으로 소통해 납품하는
방식에 놀랐다. 과정은 쾌적했고 일정은 정확했으며
결과물은 만족스러웠다. 그는 의뢰받지도 않은
그림을 엄청나게 그려내면서도 13년간 마감을
한 번도 어기지 않았다고 한다. 어떻게 이런 게
가능할까? 내 취향의 예술가가 동시에 능숙한
자영업자라니? 책을 읽으며 의문이 해소되었다. 지속
가능한 창작의 길에 대한 모색과 실험, 좋아하고
잘하는 일을 돈 되는 일로도 만들고자 치열하게
거쳐온 훈련과 시도를 본다. 또 사랑을 본다. 그림을
그려 돈을 벌다가 지쳐 쉴 때 또 그림을 그리고, 남의 그림을 보러 다니며 에너지를 채우는 지독한 사랑.
그리고 동료 프리랜서로서 위로받는다. 다 괜찮아질
거라고 장밋빛 빈말로 퉁치는 긍정이 아니라
어려움을 겪고 해결해본 사람의 신랄과 담담에서
오는 정확한 위로다. 모든 분야의 창작자, 재능을
어떻게 직업으로 연결할 수 있을까 고민하는 사람,
일보다 돈 문제로 고통받는 프리랜서들에게 특히
추천한다.

황선우
작가, '여둘톡' 팟캐스터

차례

SIDE A

**작업자로
살아가기**

작가이자 자영업자라는 두 개의 자아 **13**

그림이 돈이 되는 방법 **17**

자네는 어릴 때부터 그림을 잘 그렸나 **22**

엄마와 그림 **27**

창작이라는 노동 **32**

의뢰서를 만들었습니다 **38**

님아, 그 계약서를 그냥 보내지 마오 **44**

좋은 클라이언트는 첫 문장부터 다르다 **51**

일잘러의 공통점 **57**

안전 마감을 위한 첫 번째 스텝 **63**

프리랜서의 멘털 관리법 **68**

나의 용맹한 고양이 **74**

프리랜서의 건강한 일상 만들기 **80**

힘을 빼고 최선을 다하지 말아야 하는 이유 **86**

초심자의 마음으로 **91**

잘하지 못할 것들의 목록 적기 **97**

일, 작업, 자존심 **102**

사람과 사람이 하는 귀한 일 **106**

협업의 즐거움과 괴로움 **112**
서해문집 이현정 편집자 인터뷰

SIDE B

작가로
살아가기

자기만의 방을 만드는 여정 **123**

프리랜서의 돈벌이 **131**

재능을 돈으로 바꾸기까지 **137**

그리지 않고도 그릴 수 있는 사람이 되었다 **143**

재능이라는 도구 **148**

그림이 세상을 이롭게 할 수 있을까 **156**

굿즈 제작은 필수일까 **162**

개인작업의 치트키 **167**

전시의 경험으로 나를 알리기 **172**

영감을 찾아 한눈팔기 **179**

모든 창작에는 평가가 붙는다 **185**

취향이라는 기준 **190**

프리랜서의 인간관계 **195**

동료와의 연대의식 **201**

삶의 방향성 찾기 **206**

나를 먼저 탐구하기 **211**

점을 선으로, 선을 면으로 **216**

나로 살고 나로 죽기 **221**

질문에 답을 찾으려는 사람들 **228**

가늘고 길게 **233**

시간이 걸리더라도 차근차근 **240**
배현정 작가 인터뷰

진짜 창작을 할 시간 **260**
에필로그

SIDE A

작업자로 살아가기

작가이자
자영업자라는
두 개의 자아

　　그냥 그림이 즐거웠던 때가 있었다. 하지만
조금씩 나아지는 내 모습을 지켜보는 게 인생의
목적이었던 시절에서 꽤 멀어진 이제는, 스스로가
작가인지 자영업자인지 혹은 어디에 더 가까운
사람인지 셈하느라 그림을 순수하게 사랑했던
마음을 잊어버렸다. 돈을 두고 흥정을 해야
하는지 그림을 두고 가치를 따져야 하는지 혼자
자문자답하다가 질문도 답도 잊어버린 사람이
되었다. 물론 누군가 볼 때는 좋아하는 일로 돈도
버는 일석이조의 삶을 사는 것 같을 테니, 좋아하는
것을 업으로 삼는 자의 행복한 비명이라고 할 수도
있다. 그러나 13년 차 프리랜서로서의 삶을 맞은
지금은 그냥 그 어떤 것도 '일'이 되면 가장 괴로운
'일'이 된다고 자신 있게 말할 수 있다.

13

행복한 행위에 가늠할 수 있는 다른 형태의
가치가 붙으면 행위 자체의 가치가 한정된다.
아이러니하지 않은가. 가치가 붙는 순간부터
다른 의미의 가치가 없어진다는 것이다. 가장 큰
가치는 돈으로 환산할 수 없는 가치지만, 그런
마음가짐으로는 먹고살 수가 없다. 그렇다면 나의
그림을 어느 정도 가치 있게 봐주는 이에게 내가
만족할 만큼의 값어치로 파는 일은 맞는 경우인지
따져보자면 그것도 쉽지 않다. 내 작업의 가치를
나도 사실 잘 모르기 때문이다. 셈하기 어려운
가치를 만들어내면서 돈을 벌고자 하는 것이 어찌나
어리석었던지, 나는 10여 년 동안 매일 후회했다.

다른 마음이 필요했다. 장사꾼의 마음 같은 것이.
다음 달의 카드값을 갚기 위해 자식 같은 작업물을
팔아 저려오는 가슴을 진정시키며 흥정을 시작했다.

"이렇게는 힘듭니다."

"그건 할 수 있습니다."

"그건 좀 더 값을 쳐주셔야 합니다."

이런 식의 이야기들로 아주 조금씩 내 값을
올려야 했다. 돈과 가장 먼 대척점에 있어야 할
것 같은 사람이 돈 이야기를 가장 많이 해야

한다. 하나하나 놓치지 않고 계약서상의 불공평한 부분을 찾아내서 수정 요청을 해야 한다. 허허실실 웃는 얼굴로 그림을 그려서는 제값에 팔 수가 없다. 원하는 바를 제시하는 사람들을 앞에 두고, 자영업자의 마음으로 가격과 일정을 맞춰드린다.

정확하게 분리된 두 개의 자아로 살아왔다. 작가와 자영업자. 흰색의 아이패드 화면 앞에서만 잠시 작가가 된다. 집 나간 영감을 어떻게든 끌어와서 작가의 자아로 그림을 그린다. 자아가 교체되는 시점에 생리라도 하게 되면, PMS라도 겪게 되면, 심각한 '자아분열'이 올 수도 있다. 그전에 신속하고 정확하게 자아를 갈아 끼워야 한다.

오늘 계약을 하고 이번 주, 이번 달 안에 작업을 마쳐야 다음 달에 정산을 받고 카드값을 갚을 수 있다. 미래의 나를 먹여 살릴 수 있는 것은 지금의 나밖에 없다.

그림이
돈이 되는
방법

    처음부터 작가로 살 생각은 없었다. 대학교
전공을 선택할 때도 오로지 나중에 취업이나 사업이
가능할 직종을 고려해 인테리어디자인을 골랐을
정도로 작가로 사는 삶을 내 계획에 넣어본 적은
없었다. 그림은 언제나 몰래 꾸준히 그렸기 때문에
일을 하면서도 계속 그렇게 그리면서 살 수 있지
않을까 생각했다. 그러나 인테리어디자인과에서
공부하며 돈만 좇는 사람들과 온갖 환경 파괴적
행위를 저지르는 사람들에게 질린 나머지 회화과로
복수 전공을 신청하고 피신했다. 그때 문득 취업과
작업을 병행하는 것이 쉽지 않을 수도 있겠다는
생각이 들었는데, 마지막 학기에 미리 취업해서 학교
수업도 합법적으로 빠지는 겸 일과 작업을 병행할 수
있을지 테스트를 해보기로 했다.

그렇게 디자인 원단을 만들어 파는 회사에
취업을 했다. 대구에서 원단을 디자인해서 팔던
회사는 어느 회사와 합병을 하면서 서울로
사무실을 옮기고 구인 공고를 올렸다. 그 회사
원단을 애용하던 나는 원단을 사려고 홈페이지에
들어갔다가 팝업창에 뜬 구인 공고를 보고 이력서를
넣었다. 연봉 1,800만 원에 계약을 하고 첫 회사에
들어갔다. 그리고 3개월 만에 정규직 계약을 앞두고
도망치듯이 나왔다. 그렇게 되기까지 기나긴
이야기들이 있지만, 무엇보다 회사의 체계 없는
운영 방식에 무기력함을 넘어 환멸을 느낄 정도였다.
돌이켜보면 그런 비상식적인 운영 방식 때문에
3개월이라는 짧은 시간 동안 내가 나중에 사업을
할 때 활용할 수 있는 모든 기술의 핵심만 모아서
배웠다고 좋게 평할 수도 있겠지만, 그때로 다시
돌아가서 일하고 싶은 생각은 절대 없을 정도로 좋지
않은 기억으로 남았다.

회사를 관둔 동시에 대학교까지 졸업하면서
먹고살 궁리를 하다가 얼떨결에 전업 작가의 삶을
살게 되었다. 그렇다고 갤러리의 도움을 받아

우아하게 그림 앞에 서 있는 그런 작가의 삶은
전혀 아니었다. 나를 끌어줄 사람은 나밖에 없었고,
내 재능이 사람들의 입맛에 맞아떨어지는 지점을
찾아 고군분투했다. 다양한 방식의 작업을 해보고
사람들이 흥미를 가질 수 있도록 상품을 만들어
팔고 클래스도 열었다. 지금보다 물가가 낮았고
별다른 사치를 부리지 않았지만 내 수익만으로는
서울에 집을 빌려 생활할 만큼의 여유는 없었다.
운 좋게 본가가 서울이라 얹혀 살 수 있었고,
부친의 회사에서 대학 학비를 지원해줘서 졸업
후에 갚아야 할 학자금 대출이 없었다. 마이너스로
시작하는 단계는 아니었지만 손에 쥔 게 없기도
해서, 좋게 생각하면 생활에 허덕이며 돈을 벌지
않아도 되었지만, 내심 부모 지원을 받고 작업활동을
하는 친구들이 부럽기도 했다. 어쨌든 내가 스스로
움직이지 않으면 아무것도 들어오지 않는 상황이라
약간의 불안함과 조급함이 늘 인생 기저에 깔려
있었다.
　　그림이 돈이 되는 방법을 찾아 여러 곳의 문을
두드리는 수밖에 없었다. 공모전에 지원하고
삽화가를 찾는 스타트업에 이력서를 내고

어딘가에서 연락이 오면 최선을 다해 오랫동안 붙어
있으려고 했다. 전업 작가의 삶은 그런 것 같았다.
다음 달 언제 일이 끊길지 몰라 불안해 하다가,
갑자기 몰리는 일들을 처리하며 다시 우울해지는
일의 연속이었다. 가끔 사건처럼 즐거운 일들이
있기도 했지만 불안이 항상 나를 따라다니며 아직은
행복을 느낄 때가 아니라고 하는 것 같았다. 그럴
때일수록 그림과 글에 파고들어 일상을 외면하려고
애썼다.

자네는
어릴 때부터
그림을
잘 그렸나

"무슨 초등학생이 친구 상대로 그림을 그려서 파냐."
초등학교를 같이 다녔던 친구가 시간이 흐르고
했던 말이다. 초등학교 6학년 때인가 영화 〈해리
포터〉가 개봉한 12월, 주인공 다니엘 래드클리프를
그려서 그대로 문방구로 들고 가 복사를 몇 장
했다. 그리고 다음 날 등교해서 같은 반 친구들한테
600원 언저리에 팔았다. 당시 한창 인기가 많았던
영화라 친구들이 꽤 사갔다. 그림을 그리고 팔아서
얻은 나의 첫 수익이었다. 이때부터였다. 그림을
그려서 팔 수 있겠다고 생각한 것이.

엄마는 대학에서 동양화를 전공하셨다. 졸업
후에는 미술학원을 운영했고, 내가 엄마 배 속에
있을 때도 서울의 다른 미대 졸업생들과 누드크로키

모임도 자주 가지며 전시도 했다. 결혼과 임신 때문에 작업 욕구가 풀리지 않았던 엄마는 그 욕구를 동생과 나에게 미술 교육을 하며 풀려고 했다.

엄마가 쌀을 거실에 풀어놓으면 그걸 던지며 놀거나, 밀가루를 한가득 반죽한 다음 물감을 넣어 이것저것 만들던가, 종이를 잘라 거대한 종이 인형 왕국도 만들었다. 엄마가 긋는 선과 그렇게 그려진 공주의 모습을 아주 좋아해서 매일매일 엄마에게 온갖 공주들을 그려달라고 했다. 특히 하얗고 큰 드레스를 입은 왕비 그림과 인어공주 그림을 좋아했다. 공주가 좋아서라기보다는 엄마가 관성적으로 그려 만든 그 형태감이 눈을 즐겁게 했다. 한글도 엄마의 그림을 통해 배웠다.

어린 시절 내내 엄마가 그림을 그리는 모습을 보고 자랐더니, 자연스럽게 나도 그리고 싶다는 생각을 했는지 걷기 시작할 때부터 그림을 그리기 시작했다. 엄마 말로는 처음에는 엄마 배 속의 아기로 시작해서 온갖 종류의 동물이 새끼를 밴 모습을 그렸다고 한다. 닭과 병아리, 돼지와 돼지 새끼 등 '엄마와 아기'로 보이는 생물을 종류별로 그렸다. 유년 시절을 떠올려보면 신림동 할머니

댁 방바닥과 신길동 우리 집 방바닥밖에 기억나지
않는다. 바닥에 엎드려 스케치북을 놓고 그림을
그리느라 바빴기 때문이다. 벽에도 그리고 바닥에도
그리고, 종이나 달력에도 아무거나 그렸다.

엄마를 졸라 동네 미술학원도 이곳저곳 다녔다.
예상대로 아주 즐거웠다. 그곳에서 내가 제일 잘
그리고 즐기는 학생이었기 때문이다. 유치원 때부터
미술 수업이 제일 좋았다. 남들보다 빨리, 그리고
잘할 자신이 있었다. 유치원 졸업반의 마지막
미술 수업에서 이순신 장군과 거북선을 그렸던
것이 아직까지 기억난다. 자료를 보고 따라 그린
것이 아닌, 동화책과 TV를 보고 이미지를 떠올려
그렸기에 세세한 부분은 조금 부족하더라도 꽤 그럴
듯해서 선생님께 칭찬을 받았다.

이후 학창시절 내내 미술에 있어서는 자신이
있는 학생이었고, 그 자신에 대한 확신은 고등학교
2학년 때 교육청에서 주관하는 미술영재수업을 들을
수 있는 자격시험에 합격하고 나서 더 강해졌다.
그림을 잘 그리고 좋아하는 다른 학교의 학생들과
함께 다양한 자극을 주는 수업을 듣고 나서는 입시

미술학원을 다니기 시작했다. 영재수업을 듣던
친구들이 모두 학원을 다니기 시작했기 때문이다.

입시 미술학원도 꽤 즐겁게 다녔다. 물론 고3
정시기간에 뒤늦게 입시미술 패턴을 이해한 나머지
아슬아슬하게 대학에 합격했지만, 인물 그림
하나는 학원 선생님들보다 잘 그리는 학생이었다고
자신한다. 디자인 전공을 하고 있는 보조 선생님들
중에서도 인물을 잘 그리는 사람은 많지 않았다.
디자인 입시에서 신체 일부가 아닌 전신을 다 넣어
그리는 경우는 흔하지 않았기에, 입시 준비를 하며
끝까지 고집스럽게 인물 전신을 넣어 그린 사람은 그
학원에서 나밖에 없었다. 인물 말고는 그리고 싶은
것이 없었다. 건물을 상상해서 그리거나 자동차를
그려야 할 때도 흥미가 없어 억지로 그렸고, 대신
그 사이에 작게 사람을 그려 넣는 것이 유일한
낙이었다.

다행히 운 좋게도 그렇게 인물을 그려서 대학에
합격할 수 있었다. 그리고 여전히 인물을 그리기
위해 다른 것을 억지로 그리는 사람으로 살고 있다.

엄마와
그림

　나의 엄마 엄경분 씨는 심심하면 나에게 이런
말을 하곤 한다.
　"너의 재능이 어디서 왔다고 생각하니."
　그렇다. 엄마는 내 재능에 자신의 지분이 있다고
넌지시 압박을 넣는 것이다. 엄마는 내가 재능을
발전시켜서 먹고사는 일을 해결하는 것을 신기하게
여긴다.
　엄마는 2남 2녀 중 둘째 딸로 태어났다. 10대에
자신의 엄마를 따라 북에서 피난 온 외할머니는
영월 출신의 잘생기고 다정한 외할아버지를 만나
서울에 터를 잡고 아들딸 번갈아가며 모두 넷을
낳아 길렀다. 생활력 강한 외할머니는 아들과 딸을
차별하지 않았다. 교육에 있어서는 성별보다는
개개인 고유의 능력에 따라 최대한의 지원을

하려고 노력했다. 엄마는 미술에 재능이 있었는데 외할머니는 처음에 엄마가 합격한 서울의 여대가 마음에 들지 않아 재수를 권유하기까지 했다고 한다. 지난한 미대입시를 다시 떠올리자니 괴로워진 엄마는 그냥 처음 붙은 미대를 다니기로 했고, 이후 외할머니는 졸업하면 이탈리아로 유학을 가라고 재차 권했다고 한다. 엄마는 외할머니의 그 어떤 제안도 받아들이지 않고 미대를 졸업한 후, 친구와 미술학원을 운영하다가 중매로 아빠를 만나 나와 동생을 낳게 되면서 미술 작업을 무기한 미루게 되었다.

경분 씨는 정신 승리를 위해 어차피 계속 그림을 그렸어도 성공하지 못했을 것이라 말하지만, 나는 엄마가 시도하지 않은 일을 두고 함부로 말하지 않고 싶다. 적어도 내가 어렸을 때 본 엄마의 드로잉은 환상적이었고, 바로 그 이유 때문에 나도 엄마처럼 그림을 잘 그리고 싶다는 열망이 들기 시작했기 때문이다.

엄마는 스물여덟에 나를 낳은 후로도 사실 꽤 많은 그림을 그렸다. 다만 엄마의 클라이언트가 어린 나였을 뿐이다. 덕분에 정말 자판기 수준으로 이미지를 뽑아내야 했다. 아무리 생각해도 부모의 악덕 클라이언트는 자식인 것 같다. 나는 엄마의 '워라밸' 따위는 고려하지 않고, 시간과 상황을 무시한 채 계속 그림을 요청했다. 엄마는 성실하게 공룡도 그려주고 공주도 그려주고 자동차도 그려주었다. 지금으로 따지면 아날로그식으로 구현되는 AI 같다고나 할까. 우스갯소리지만 이렇게 단독으로 작가(엄마)를 고용한 경험이 있어서 그런지, 나도 자연스럽게 프리랜서가 된 것이 아닌가 하고 억지스러운 추측을 해보기도 한다.

성인이 된 이후로는 내가 지은 이름으로 살겠다고 다짐했는데, 사실 내 작업명인 '엄주'는 엄마의 성(姓)인 '엄' 자에 '구슬 주'(珠)를 합쳐 만든 것이다. 다만 '주' 자는 같은 독음을 가진 한자들 중에 여러 가지 맘에 드는 것들이 많아서, 주황색의 주(朱) 자가 되기도 했다가 '만들 주'(作) 자가 되기도 하면서 그때그때 마음대로 뜻을 바꿔 사용한다. 이름은 별것 아닌 듯해도 정말 큰 힘이 있다. 살고자 하는 방향대로 멋진 이름을 지어 활동하니, 몸과

마음이 이름에 걸맞게 살게 된다. 남들에게 불리기
위해 이름을 만들고 보니 인생의 다른 문이 열린
느낌이랄까.

　엄마가 창작을 그만둔 지는 오래되었지만
20대까지 배우고 익혀서 쌓은 그 실력은 세월이
지나도 사라지지 않았다. 그런 엄마는 내게 가장
날카로운 평가를 해주는 내부 평가자이기도 하다.
다만 한 가지 아쉬운 점은 엄마의 평가 기준은
언제나 예술성이기 때문에 대중성이 필요한
작업에는 그 평가가 잘 먹히지 않는다는 단점이 있어
적절히 흘려들을 줄도 알아야 한다.
　요즘은 엄마의 작업을 독려하고 있다. 엄마가
잃은 감각을 다시 찾기 위해 이제는 내가 엄마의
화구를 준비하는 일상을 보낸다.

창작이라는
노동

이 책을 통해 말할 수 있는 창작의 범위는 한없이 좁다. 시각매체를 한정으로 이야기할 수밖에 없기 때문이다. 나는 음악을 하는 것도 아니고 거대한 조각으로 된 설치 작업을 하는 것도 아니기에, 종이나 아이패드에 그리면 디지털 세상을 떠도는 '이미지'를 기준으로 창작이라는 노동에 대하여 이야기할 수밖에 없다.

예전에 SNS에서 가수가 음반을 내는 것은 대학원생이 논문을 발표하는 것과도 같다는 글을 보았다. 논문 쓰기의 힘듦은 모두가 알아주는 것 같은데 유난히 창작물에 대한 힘듦은 사람들이 알려고 하지 않는 것 같다는 생각이 들었다.

뭣도 모르던 20대 초반, 친구들과 유럽으로 여행을 간 적이 있다. 돈이 많지 않았기 때문에

게스트하우스과 호스텔을 이용하고 버스와 지하철에 익숙한 그런 여행이었다. 네 명의 친구 중 두 명이 교환학생으로 각각 아일랜드와 프랑스에 있었기 때문에 친구들을 만날 수 있다는 게 좋은 핑계이기도 했다. 적은 예산과 일정 안에서 최대한 효율적인 관광을 해야 했기에, 유럽의 미술관과 성당을 도는 일이 주된 일과였다.

젊음을 맘껏 이용하여 걸어 다니며 성당을 보고 깨달은 것이 있다면, 모든 예술작품을 만들어내는 행위가 중노동이라는 사실이다. 아름다운 벽화, 스테인드글라스, 성모상, 성자가 잠들어 있는 관과 종탑으로 가는 길을 포함한 성당의 모든 아름다운 것들이 만들어지기까지, 예술가들은 종교를 믿는 힘만으로 온종일 그림을 그리고, 돌을 깎고, 나무를 다듬는 행위를 이어갔을 것이다. 그 노동의 고됨을 이겨내는 데는 구원의 믿음이 중요했기에 당시의 예술가들은 돈의 형태로 노동을 보상받을 생각은 하지 않았을지 모르지만, 커다란 성당 하나가 아름답게 만들어지기까지 들어갔을 그 노동량을 헤아려보면 솔직히 감조차 잡히지 않는다.

갤러리에 전시되거나 예술의 범주에서 작동하는 창작 중에서 실제로 다양한 노동을 수반하는 것들이 많다. 조각 작업의 경우 학부 실기실만 가보아도 공장의 모습을 방불케 한다. 대부분의 작품이 아름답고 깨끗한 곳이 아닌 공장 형태의 춥고 더러운 곳에서 만들어진다니, 이 아이러니함 덕분에 예술작품이 더 매력적으로 느껴지는 것일지도 모른다.

따지고 보면 현대사회에서 우리 모두 크고 작은 노동으로 하루를 살아간다. 노동과 그 노동에 지불하는 비용은 서로 뗄 수 없는 요소이고, 그것은 창작에 있어서도 마찬가지다. 그런데 어쩐 일인지 창작이라는 노동의 가치는 주로 창작물의 잘남과 못남에 달려 있는 듯하다. 작품이 많은 사람에게 사랑과 관심을 받지 않으면 그 작품을 만들기 위해 노력한 작가의 노동은 값어치가 없는 것일까? 또 작가가 만족하지 못해 작품을 폐기하거나 작품임을 거부당하는 경우에 그 노동은 가치가 없는 것일까? 소비자의 호불호에 작품의 존폐가 달려 있는 구조가 언제부터 형성된 것인지 알 수 없지만, 공동체의 질서를 어지럽히는 창작물이 아닌 이상, 그 창작물이 만들어지기까지 드는 노동은 존중받아 마땅하다.

　나는 나의 노동을 지키기 위해 체계를 만들었다.
거창한 것은 아니고 '의뢰서'를 만들어 서로의
책임을 확인하고 약속을 지키기 위해 노력하자는
것이다. 나의 작업에 비용을 지불하는 사람들의
예산과 기간이 중요하듯, 작업을 위한 나의 고민과
노동도 동등하게 존중받아야 한다고 생각했다.
모든 프로젝트가 예정된 마감일에 맞춰 안전하게
완료되지 않을 수도 있으니, 만약 작업이 중단되면
그 기간까지의 노동에 대한 비용을 정산받을 수
있도록 설정해두었다. 그리고 작업의 사용 방식과
기간을 정해 가격을 산정하려고 노력했다.
　모든 창작 행위가 노동이듯이 모든 노동 또한
넓은 범위에서는 창작일 것이다. 무의 상태에서 유의
어떤 것을 만들어내는 행위가 어찌 창작이 아닐 수
있을까. 음료를 만드는 것, 도배를 하는 것, 운전을
해서 목적지로 물건이나 사람을 옮기는 일, 용접을
하고, 청소를 하는 모든 행위는 창작 행위이다. 그
결과물이 경우에 따라서 작품으로 대접받지 못할
뿐이다. 노동이 창작으로 대접받지 못하는 점과

창작이 노동으로 대접받지 못하는 이 간극 사이에
묘한 불편함을 느낀다.

　생활 속의 달인들을 소개하는 방송 프로그램을
보면 그들의 노동이 예술의 경지에 올랐다는 표현이
자주 나온다. 반면 예술가의 노동이 예술의 경지에
올랐다는 말은 무언가 받아들이기 어색한 지점이
있다. 예술작품을 만들어내는 사람의 노동은 예술의
경지에 오르지 못하는 것일까? 그런 창작을 위한
행위가 노동으로 인정만 되어도 다행이라는 생각을
한다. 노동과 예술 사이에서 오늘도 분투하는
사람들의 안전을 기원하며 글을 마친다.

의뢰서를
만들었습니다

인스타그램 계정을 포트폴리오로 쓰면서 업무 관련 문의를 디엠으로 받은 적이 몇 번 있다. 그러나 디엠으로 오는 업무 문의를 별로 반가워하지는 않는데, 공적인 대화를 사적인 공간에서 하는 느낌이라 일의 중한 정도를 쉽게 가늠하기 어렵고, 나중에 일을 진행하게 되더라도 관련 정보를 찾기가 쉽지 않다. 그렇다고 이메일로 소통하는 것이 정말 효율적인가 하면 그렇지만도 않다. 일에 대한 설명이 부족한 경우가 많아 여러 번 되물어보느라 시간이 지체되고 일 자체가 힘들어지기도 한다.

일을 발주하는 업체 쪽에서 체계를 갖추지 못한 것이 문제일 수도 있겠지만, 일을 받는 사람의 수동적인 태도도 문제라고 느껴 2021년 여름, 직접 의뢰서를 만들었다. 구글폼으로 간단한 양식을

만들어 의뢰를 하고자 하는 사람이 의뢰서의 항목을
작성해 보내면 거기에 회신하는 구조였다. 의뢰서를
만든 직후에는 일이 들어오지 않아서 혹시 의뢰서
양식이 사람들에게 부담스러운 것인지 고민이
되기도 했지만, 얼마 지나지 않아 의뢰서를 통해
업무 의뢰가 들어오기 시작했다.

의뢰서에는 공지 사항과 진행 과정, 응답에 걸리는
평균 시간 등을 적어두었고, 그동안 진행했던
일들을 목차로 만들어 나열했다. 이후 수정과 추가를
반복했지만 기본적인 항목은 변함없이 잘 사용하고
있다.

의뢰서 양식

□ 의뢰인 성함   □ 계약서 준비 여부
□ 전화번호   □ 이미지 사용 기간
□ 이메일 주소   □ 필요한 파일 형태
□ 사업장 이름과 전화번호   □ 프로젝트 예산
□ 작업이 필요한 분야   □ 이미지 수량 및 사이즈
□ 작업이 필요한 세부 분야   □ 작업 주제
□ 작업 필요 요소   □ 작업 콘셉트 방향
□ 사용권 독점과 비독점   □ 작업 납품 기한

☐ 작업 공개 예정일

☐ 미팅 여부

☐ 기타 사항

    그간 일을 진행하며 꼭 필요한 정보들을
의뢰서에 항목으로 정리해두었기에, 여러 차례
메일을 주고받는 데 쓰이는 에너지를 아낄 수
있었다. 그리고 무엇보다 좋은 점은 의뢰서 항목과
관련해 정해진 내용이 없는 상태에서는 일을 의뢰할
수 없기 때문에, 확정되지 않은 일은 받지 않을 수
있다는 것이었다.

    방송 활동을 하는 타일러 씨도 의뢰서를
통해 일을 받고 있는 것으로 알고 있다. 그의
공식홈페이지에 들어가면 '문의' 버튼이 바로 보인다.
내가 만든 의뢰서와는 다른 형태로, 하나의 항목만
화면에 보이고 그 항목에 답을 하고 확인 버튼을
눌러야 다음 항목이 등장한다. 첫 페이지에서는
그가 직접 의뢰와 관련한 사항을 설명하는 동영상을
재생할 수 있다. 그의 의뢰서 형식도 꽤 좋은
방식이라고 느꼈다. 어느 기자가 그를 인터뷰하기
위해 공식홈페이지의 의뢰서를 작성한 것이 무척

생경한 경험이었다고 기사에 후기를 남긴 것으로
보아, 방송 업계에서도 따로 의뢰서를 통해 일을
받는 방식이 일반적이진 않은 듯했다.

　경험으로 살펴볼 때, 프리랜서가 활동하기에
한국은 수월한 곳이 아니다. '빨리 빨리'의 민족답게
일정이 급박한 경우가 많고 업무의 체계도 없고
위계로 사람을 압박하는 경우도 많은 편이라, 정규
직원도 일하기 좋은 환경이 아닌 상황에서 외주
작가(외부 용역)는 그야말로 꿔다 놓은 보릿자루
신세가 될 때가 많다. 안타깝지만 내가 챙길 수 있는
것을 먼저 나서서 적극적으로 찾아야만 그나마
본전이라도 챙길 수 있다. 늘 은근하게 깔려 있는
불안을 해소하려면 의뢰서를 통해 사전 정보를
최대한 많이 확보하고, 계약서를 신경 써서 작성하여
미래에 일어날 불상사를 막는 수밖에 없다. 의뢰받은
일의 법적인 검토와 그것에 드는 비용까지 온전히
혼자 감당해야 하는 것이 프리랜서이기에, 스스로를
보호할 수 있는 장치는 되도록 일을 시작하기 전에
마련해두기를 추천한다.
　의뢰서를 만들어 사용한 지 2년 정도의 시간이

흐르면서, 다른 작업자들에게도 장점을 홍보하며
사용을 권하기 시작했다. 내가 만든 의뢰서에서
자신의 상황에 맞게 항목을 빼거나 더하며 조금씩
수정해 사용해봐도 좋을 거다. 무엇보다 의뢰서의
가장 큰 장점은 작업자에 대한 신뢰감을 주며
프로다운 이미지를 심어줄 수 있다는 것이다.

님아, 그 계약서를
그냥 보내지 마오

의뢰 문의는 반갑지만 계약서 작성은 괴롭다.
좀 더 구체적으로 말하면 계약서 조항들을
일일이 검토해야 하는 그 시간이 너무 괴롭다.
손쉽게 해결하고 바로 본론에 들어가듯 일을
하고 싶지만 계약서는 무시하기엔 너무 중요한
존재이다. 프리랜서로서 작업 진행 전에 거행해야
하는 '의식'이라고 생각하고 경건하게 임해보려고
애쓴다. 하지만 실제로 계약서를 검토하고 수정하고
확정된 안을 받아서 사인을 하기까지의 과정은
결코 경건하지 않다. 가볍게 말하면 좀 지저분하다.
지저분해진다.

의뢰 업체가 전달한 기존 계약서를 검토할 때면
신경이 곤두선다. 심하면 몇 십 년 넘게 수정한 적
없는 양도계약서를 주는 경우도 많아서, 그것을

21세기에 맞춰, 내가 피해를 보지 않을 선에서 덜어내고 덧붙여야 한다. 양도계약서의 경우 '양도'라는 말보다는 '구매자가 제3자에게 저작권자의 허락을 받지 않고 판매할 수 있다'는 말로 포장되어 있는 경우가 많다. 계약서에 빼곡하게 채워진 많은 활자를 읽다 보면 아무래도 이런 부분을 놓치기 쉽다. 어떤 계약서는 제3자 판매라는 단어가 없고 관련 조항이 전혀 없는데도, 모든 '작업물 인도'가 '양도'로 되어 있는 경우도 있다. 긴 세월 여러 사람들을 거치면서 수정된 조항이 있는가 하면 단어에 큰 문제를 두지 않아 계속 이어져오는 경우도 있다.

보통은 업체가 제시한 표준 계약서를 사용하지만 몇 가지 빼먹지 않고 포함시키는 조항이 있다.

1. 정산 날짜

2. 자체 보상 규정

3. 제3자 판매 금지(양도 금지)

4. 계약서에 없는 부분은 합의 후에 진행할 것

5. 수정 횟수 제한

계약서를 작성하는 일은 마치 오래된 벽돌을 가져와 다시 쌓는 과정 같다. 이미 좀 낡은 벽돌 하나를 넣었다가 조화롭지 않거나 어울리지 않으면 빼고, 다시 다른 것을 넣어본다. 이 과정이 중요한 것은 의뢰인과 작업자가 단단하게 신뢰를 쌓아가는 첫 단계이기 때문이다. 작업자가 언제까지 작업물을 넘기면 의뢰자가 인도 후 정산을 언제 해줄 것인지, 서로 확인하고 본격적으로 일을 시작하는 아주 기본적이고 중요한 순서이기도 하다.

프리랜서로 처음 일을 시작할 때부터 일의 크기에 상관없이 늘 계약서를 작성하고 시작했다. 지금보다 더 유명하지 않았을 때 한 업체 사장으로부터 이런 말을 듣기도 했다.
"유명하지도 않은 어린 게 계약서 타령부터 한다. 너보다 유명하고 나이 든 작가들도 계약서 이야기는 하지도 않았다."
굳이 따지자면 그건 내 잘못이 아니었다. 유명함에도 불구하고 계약서를 쓰지 않아 후배들에게 폐를 끼치는 기성 작가들의 문제였다. 내 잘못이 아니었기에 말했다.

"네. 계약서에 사인하세요."

그럼 의뢰보다 무게감이 좀 더 가벼운 원고 요청에도 꼭 계약서를 쓴다. 내가 일정에 맞춰 결과물을 넘기듯이 그들도 나에게 일정에 맞춰 정산을 해줘야 할 것 아닌가. 서로의 일정을 확정한 계약서를, 나는 세미계약서라고 부른다. 해외 출판사의 경우 출판계약서가 하나의 책이라고 할 정도로 방대하고 상세하다는 말을 들었는데, 한국의 실정에서 그와 같은 계약서로는 아무도 일할 수 없기에 다소 견적서의 느낌에 가깝게 만들어본 계약서 양식이 있다.

1. 의뢰 업체 정보
2. 작업자 정보
3. 의뢰 내용
4. 작업물 인도 기한
5. 정산 기한
6. 추후 법적인 문제는 상호 합의를 통해 하도록 한다.

이 정도의 양식으로 진행한다. 물론 법 지식에 해박한 사람이 보면 불안한 계약서라고 말할지도

모르겠지만, 시간을 절약하고 1차적 불안을 잠재울
역할로 아직 이를 대체할 것을 찾지 못했다. 이후
작업이 확정되면 좀 더 갖춰진 계약서로 계약을
진행하는 경우도 있다.

　　나이가 어리고 유명하지 않아도 일을 받아
진행하는 사람이라면 모두 계약서를 써야 한다.
교묘하게 비틀어진 법적 용어로 서로가 피해보지
않을 합의된 계약서 말이다. 법적인 보호는 생각보다
강력하다. 요즘 세상이 마치 법 없이도 살 사람들
때문에 법이 제 역할을 하지 않는 것처럼 보여도,
일단 양식을 갖춰 서면으로 만들어진 모든 계약서는
강력한 법적 효력을 갖는다.
　　나와 내 작업물을 보호하기 위해서는 생각보다
많은 법적 지식이 필요하다. 그래서 틈틈이
저작권법 강의도 찾아 듣고 공부하고 있다. 서울시
공정거래종합상담센터에서는 법률 자문을 받을 수도
있다. 상담을 신청하면 일주일 정도 소요되는데, 전문
변호사가 상담을 진행한다.
　　이런 강의들을 찾아 들어두면 나중에라도
도움이 될 테니 여유가 될 때 자주 찾아 듣는 것이

서울시 공정거래
종합상담센터

좋다. 나도 저작권부터 세금 계산까지 폭넓게
원데이클래스라도 들어놓은 것이 많은 도움이
되었다. 프리랜서들도 세금 문제가 골치 아프다.
원천징수로 진행한 건들은 종합소득세를 내야 할 때
골치가 아팠고, 사업자가 있는 지금은 일반사업자로
진행해야 하는 부가세 계산으로 머리가 아프다.
그래서 부가세는 세무서를 통해서 내고 있다. 일을
받을 때도 원천징수와 세금계산서를 발행할 일을
구분해가며 받고 있다. 되도록 큰 규모의 일은
사업자 처리를 하고, 작은 규모의 일은 원천징수
처리를 한다. 다만 정산 처리를 사업자로 진행할
경우, 원천징수 처리보다는 사업자와 사업자 간의
거래로 인지되어 좀 더 정산이 정확하게 진행된다는
장점이 있긴 하다. (이런 식의 세금 처리는 연간 총수입에
따라 가능하기도 하고 불가능하기도 하다고 하니, 세무사에게
물어보고 자신의 사업장에 맞는 세금 처리 방식을 알아보기를
바란다.)

50

좋은
클라이언트는
첫 문장부터
다르다

　외주업무를 받기 시작한 지 얼마 되지 않았을 때는 의뢰 메일이 오면 스팸메일이 아닌 이상 거의 다 확인하고 일을 받았다. 가격은 그다지 중요하지 않았다. 되도록 많이 경험하고 노하우를 쌓고 싶었다. 그렇게 조금씩 경험이 쌓이다 보니 이메일만 읽고서도 좋은 의뢰인과 끝이 좋지 않을 것으로 예상되는 의뢰인을 알아보게 되었다. 마치 매장에서 오래 일을 하면 손님이 문을 열고 들어오는 순간 그 사람이 진상일지 아닐지를 알아보는 것과 비슷한 맥락이다.

　끝이 좋지 않을 의뢰인이 될 가능성의 신호를 몇 가지 살펴보겠다.

😭 내 이름을 안 쓰거나 틀리게 적었다. (가장 중요!!!)

😭 프로젝트 설명이 장황하나 요점이 없어 분명하게 보이는
   내용이 없다.

😭 작업 일정이 터무니없이 짧다. (평균적으로 최소 3주 이상은
   필요하다.)

😭 작업 단가를 미리 제시하지 않고, 내가 정해서 말하도록
   유도한다.

😭 작업물 받는 일정만 챙기고 정산 날짜는 말하지 않는다.

😭 양도 계약서를 선호한다.

😭 예산이 터무니없이 적다.

   내 이름을 틀리거나 쓰지 않은 업체는 나중에는
답장조차 하지 않았다. 하나의 일을 두고 여러
작가에게 제안 메일을 돌리면서 이름조차 제대로
쓸 여력이 없는 곳과 일하면, 추후에 작업이나 정산
과정에서 문제가 생길 것이 분명했기 때문이다. 10년
전쯤, 어느 업체에서 신년 달력 제작을 제안한다며
내게 메일을 보냈는데 내 성씨를 틀리게 적었다.
읽는 순간 싸해지는 느낌을 받았지만 그럼에도
불구하고 일을 잘 진행하기 위해서 정성스럽게
답장을 보냈다. 그런데 일을 조율하는 과정 중에
담당자가 일주일 동안 연락이 두절되어버렸다.

잠수를 탄 것이다. 메일에 적힌 휴대폰 번호로
문자를 보내도 답이 없고, 전화를 해도 받지 않았다.
며칠이 더 흘렀고 그사이 작업 작가가 바뀌었다는
내용의 메일을 받았다. 당연히 기분이 좋지 않았지만,
만약 함께 일을 했다면 더 좋지 않은 경험을
했을지도 모른다.

　　담당자의 잠수는 생각보다 비일비재하다. (물론
외주작가의 잠수 역시 비일비재하다는 것을 알고 있다.
그러나 적어도 나는 잠수를 타거나 마감이 늦은 적이
단 한 번도 없기에 적어본다.) 나도 회사를 다니면서
외주작업자와 소통한 경험이 있었기에 이해는
간다. 대한민국의 기업들 중에 부족한 예산으로
외주업무를 진행하는 곳이 많기도 하고, 담당 직원
한 명이 동시에 여러 업무를 쳐내는 상황이 많아
외주작업자를 챙기기가 쉽지만은 않을 것이다.
그렇지만 사정을 이해하고 기다리는 것과 예감이
좋지 않은 의뢰 업체 측로부터 일을 진행하던 중에
외면당하는 것은 다른 문제다.

　　의외로 다양한 분야로부터 의뢰를 받아왔는데,
그중에는 경험상 답장을 꺼리게 되는 곳이 있다.

바로 제조업 성격의 회사로, 작가들과 협업하여 제품을 만드는 곳이다. 물론 업체와 담당자마다 편차가 크긴 하지만, 보통은 정산 방식이 깔끔하지 못하고 무언가 이상한 계산 방식으로 자신들의 새로운 굿즈 사업에 작가들이 함께하길 바란다. 그런 업체들은 여러 작가들에게 메일을 돌려가며 일을 진행하기 때문에 작가 한 명, 한 명에게 신경 쓸 여력이 없다. 그러다 보면 내 의도와는 상관없이 내 작업물이 제품화되어 유통될 수 있는데 썩 유쾌하지 않고, 과도한 제작으로 환경에 나쁜 영향을 주는 것도 원하지 않는다. 대규모 업체거나 제조업을 오랫동안 해온 곳이 아니라면 신생 업체와의 협업은 지양하길 추천한다. 토사구팽 당하기에 딱 좋은 상황이다. 물론 모든 업체가 그런 것은 아니다. 잘 알아보고 진행하기를 바랄 뿐이다.

프로젝트를 설명하는 담당자가 분명하게 전달하는 내용이 없다면, 그런 일은 나중에 가서 엎어질 확률이 높고 진행 과정도 매끄럽지 않을 수 있다. 업무 내용을 분명하게 전달받더라도 의뢰 업체의 내부 사정으로 전면 수정되는 경우도 생기는데, 담당자가 적극적으로 소통하려는 유형이면 변경이 생겨도 일을 문제없이 완료할 수 있지만, 내내 모호하게 말을 얼버무린다면 불길함을 감수해야 한다. 담당자의 담당 권한이 너무 적어 윗선에서 급작스러운 변경을 요청할 때 영향을 직격으로 받을 수 있기 때문이다.

　모두가 글을 잘 쓸 수는 없지만 글에 진심을 담아 보내는 사람의 마음은 문체가 화려하지 않아도 알게 되는 법이다. 그런 분들에게 의뢰를 받으면 단가보다는 담당자와의 일 자체에 의미를 두고 거의 모두 진행하는 편이다. 노파심에 덧붙이면 돈은 언제나 중요하다. 내 생활에 타격이 없는 선에서 아주 가끔 돈보다 일의 의미를 앞에 두는 경우도 있음을 말하는 것이다. 돈이 오가는 상황에서도 좋은 의뢰인을 판단하는 기준이 그 사람의 진심이라니 참 어렵다. 하지만 진심과 진심은 늘 통하는 법이니까 어쩌다 한 번은 사람을 한번 믿어보는 편도 나쁘지 않다고 말하고 싶다.

일잘러의
공통점

사업자를 내고 나서 제일 유심히 보게 되는
것은 다른 자영업자의 일하는 태도이다. 개인
온라인쇼핑몰을 개설하고 내 그림으로 상품을
만들면서 여러 업체에 발주를 넣는 일이 많아졌다.
티셔츠나 손수건 등의 상품 제작을 위해 원단을
뽑거나 원단 마감을 하고, 지류 상품을 위해 대량
인쇄를 진행하기도 하고 전시를 위해 액자를
제작하기도 한다. 내 경우, 사장님이 일을 잘하시면
꾸준히 한 업체만을 이용하는 편이다. 그런 분들의
공통적인 특징을 나열해보자면 다음과 같다.

👍 시간 약속을 잘 지킨다.
👍 같은 일을 두 번 하게 하지 않는다.
👍 문제가 생기면 즉각 연락한다.

👍 정산 및 세금 처리가 깔끔하다.

👍 불법적인 방법을 쓰지 않는다.

👍 사적인 주제로 말을 걸지 않는다.

👍 일은 일에서 끝낸다.

　나는 인간관계에 대한 기준치가 높아서 쉽게 친구를 만들지 않는 편이고 지인의 범주에도 누군가를 쉽게 포함시키지 않지만, 대신 한번 믿음이 생기면 끝까지 관계를 소중하게 생각하고 의리를 지키는 편이다. 업체와의 관계도 비슷하다. 사장님이 쓸데없는 말을 하지 않고 일 처리가 깔끔하면 단번에 그곳의 단골이 되어, 망하지 않는 이상 그곳만 이용한다. 단골이 된 업체 사장님들의 공통적인 특징은 일단 시간 약속을 잘 지킨다는 점이다. 나도 프리랜서 겸 자영업자로 일을 하면서 가장 중요하게 생각하는 부분이 시간 약속을 잘 지키는 것인데, 특히 합의한 모든 약속은 칼같이 지키려는 편이다. 사실 가장 기본적인 부분이기에 지키기 수월할 것 같지만, 생각보다 사람들 중 극히 일부만 이를 지킨다.

　나는 13년 프리랜서 생활 중에 단 한 번도 마감을

놓친 적이 없다. 애초에 시간 약속에 엄격한 집안
분위기에서 자란 이유도 있겠지만, 프리랜서의
생명은 시간 약속을 지키는 것이란 생각을 하고
나서는 이를 강박적으로 지키고 있다. 그것이 신뢰의
고리를 만드는 첫 번째 단추이기 때문이다. 업체와
계약을 맺으면 바로 그 주에 요청에 맞춰 시안을
만든 다음, 마감일 오전 시간으로 메일 예약을
걸어놓는다. 빨리 완성하면 빨리하는 대로 전달할
수도 있겠지만, 예전에 한번은 시안을 마감일보다
빨리 보냈더니 지정 날짜만 생각하고 있던 담당자가
미처 그 메일을 확인하지 못해 혼선이 생긴 적이
있어 이제는 약속한 날짜에 보낸다. 물론 늦는 것은
최악이지만 약속된 날짜보다 빨리 보내는 것도
그다지 좋을 건 없다는 걸 알게 됐다.

그다음 중요한 점은 그 누구든 두 번 일하게
만들지 않는 것이다. 일을 잘하는 담당자는 메일
하나에 필요한 사항과 파일을 정리해서 전달한다.
물론 사람이라면 가끔씩 무언가를 빼먹는 실수를 할
수 있겠지만, 기본적인 것은 꼭 잊지 않고 체크해서
같은 일을 두 번 이상 하지 않는 것이 중요하다.
외주가 주요 수입인 상업 작가에게 시간은 곧

돈이다. 같은 일을 두 번 하다 보면 그만큼 다른 일도 밀리게 되어 업체나 작가 모두 손해를 볼 수 있기에 신경 쓰는 것이 좋다.

문제가 생기면 즉각 연락을 취한다는 점도 단골 업체 사장님들과 아닌 곳의 차이이다. 나는 발주할 때 무조건 일정을 넉넉하게 잡는 편이지만, 그럼에도 불구하고 일 진행 중간에 문제가 생길 때도 있다. 이때 단골 업체 사장님들은 바로 내게 연락해서 문제를 말한 뒤 언제까지 해결할지 약속했다.

거래하는 업체 중 가장 신뢰하는 곳이 있는데, 고품질 인쇄도 하고 액자도 맞춰주는 충무로 빌딩숲 사이 2층에 숨어 있는 곳이다. 사장님의 일 처리가 정말 예술인데, 한번은 전시 때문에 액자를 대량으로 맡기고 세금계산서 처리를 부탁했다. 물론 나도 입금 요청을 받은 지 1분 이내로 돈을 보내긴 했지만 사장님 역시 세금계산서를 1분 이내에 발급해주셨다. 개인사업자 간의 거래라 조금 늦어져도 괜찮았지만, 바로 일 처리를 해주시는 모습을 보고 나도 본받아야겠다는 생각이 들었다.

그리고 그 업체 사장님은 내가 업장에 방문할 때

사적인 질문은 전혀 하지 않는다. 왜 그림 인쇄를 맡기는지, 내가 뭐 하는 사람인지, 무엇을 그리는지, 어떤 전시를 하는지 전혀 묻지 않는다. 가끔 급하게 액자 수리를 하러 갈 때면 몇 시에는 업장에 있으니 방문하라고 말씀하시는데, 정말 그 시간에 항상 계셔서 사장님의 말에 유난히 신뢰가 간다.

이렇듯 기본을 충실히 지키기만 해도 차별화될 수 있다는 점을 단골 업체 사장님들을 통해 배웠다. 언제나 기본을 지키는 것이 가장 어렵기 때문이다. 의사들이 말하길 건강을 지키는 건 어렵지 않다며, 잠은 아홉 시에 자고 아침에 일찍 일어나고, 꾸준히 운동하고, 아침은 꼭 챙겨 먹으며, 탄단지·무비물을 균형 있게 섭취하라고 한다. 초등학생들도 아는 기본적인 이야기지만, 어른들은 안다. 이게 제일 지키기 어렵다는 것을. 프리랜서는 정해진 출퇴근이 따로 없고 모든 것이 자율에 맡겨져 있기에, 기본을 지키는 것이 가장 어렵다. 그러나 애써서 하나씩 지켜가다 보면 건강과 신뢰 모두를 얻는 날이 올 것이라 믿는다.

적어도 나는 그렇게 믿어서 손해 보지는 않았다. 정말이다. 추천한다.

안전 마감을 위한
첫 번째 스텝

언제 어떻게 타오를지 모르는 작업 에너지와 좋은 작업물을 만들고 싶은 욕망이 서로 다른 방향으로 뻗기 시작하면 창작자는 괴로움의 늪에 빠지게 된다. 창작도 어려운 일인데, 그 창작으로 먹고살기까지 해야 한다면 불안이 더욱 커질 수밖에 없다. 작업자로서의 고민과 장사꾼으로서의 계산이 어지럽게 얽혀서 복잡한 마음을 만들고, 당장 받은 일을 잘 해내야 한다는 부담감과 업계에서의 평판, 다음 달 카드값과 월세 등을 생각하면 창작에 집중하기가 더 어려워진다.

그렇게 그분(영감)이 오기를 기다리면서 받은 일을 외면하다가 마감일을 코앞에 두고 '내가 애초에 이 일을 왜 받았지…' 하면서 울며 겨자 먹기로 밤샘 작업을 반복하다가 건강을 망칠 수도 있다. 그렇다고

일은 일이고 창작은 창작이라고 생각하면서 선을
그을 수도 없다. 창작이 곧 일이고, 다음 달 카드
대금이며 월세이기 때문이다. 일이 된 창작은 개인의
욕망으로 빚어낸 창작물과 완전히 다르다. 그
창작물을 받을 사람이 따로 있기 때문이다. 그들의
의견을 듣고 창작자와 의뢰인이 모두 만족할 만한
작업물을 만들어야 한다는 점에서 가장 큰 차이가
있다.

당장 이번 달에 받은 일을 잘 마무리하고,
다음에도 일을 받을 수 있는 방법이 있긴 하다.

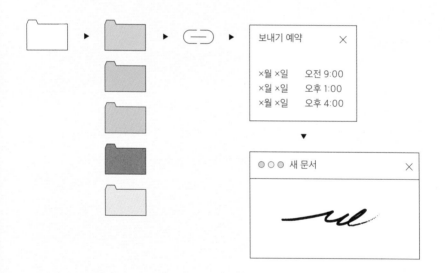

└ 당장 공유 드라이브에 외주 폴더를 만든다.

└ 최종 작업물 폴더부터 정산 자료 폴더까지 만들고 색을
  지정한다.

└ 공유 폴더 링크를 생성한다.

└ 담당자 메일에 링크를 첨부하고, 마감일에 전달이 되도록
  예약을 걸어둔다.

└ 요청받은 사이즈의 디지털 파일을 만든다.

└ 시안 작업을 위해 가벼운 스케치를 해본다.

이렇게 일의 절반을 해냈다. 이러면 일이 된다. 나의 작업 루틴인데, 이렇듯 결국 일을 할 수밖에 없는 환경을 만드는 것이 첫 번째 스텝인 셈이다. 그리고 그 파일에 시안을 그리기 시작하면 작업에 불이 붙게 되어 있고, 수월하게 시안 작업까지 끝마칠 수 있다. 이 작업은 늦어도 마감 2주 전에 해두는 것이 좋다.

건축으로 따지면 기초 바닥 다지기와도 같은 것이라서 이 작업만 해두면 다음 작업부터는 일사천리로 진행할 수 있다. 왜냐면 백종원의 말처럼 하는 척을 하다 보면 하고 있기 때문이다. 일을 하기 위한 기초 과정을 해내는 것만으로도, 이미

머릿속에서 일을 할 준비를 마친 것이다. 폴더를 만들고 이미지 파일 사이즈를 지정해서 정리를 해두면 아이디어 스케치를 하기에도 좋고, 시간 여유가 있을 때 정리해둔 파일들이 급한 상황에 도움이 된다.

　책상 앞으로 가는 법에 대한 이야기를 마치면서 또 다른 유용한 팁을 전해본다. 모든 파일명을 날짜와 클라이언트, 작업명, 작업자명으로 정리를 해두면 좋다. 여러 외주작업자와 일을 하는 담당자 입장에서도 찾기 편할뿐더러, 최후의 급박한 상황에서는 나에게 제일 도움이 된다. '2024_00업체_포스터_엄주' 이런 식으로 파일명을 적어두고 각 업체별, 날짜별로 정리해서 모아두면, 나도 좋고 업체도 좋고 일석이조, 꿩 먹고 알 먹고, 노랑 치고 가재 잡고, 누이 좋고 매부 좋고, 마당 쓸고 엽전 줍게 될 것이다.

어느 세월에,,

67

프리랜서의
멘털 관리법

    예전의 나는 봄을 별로 좋아하지 않았다. 내 인생에는 봄이 아직 오지 않았는데, 매년 부지런하게 태동하는 자연의 기운이 좀 부담스러웠다. 죽은 줄 알았던 마른 가지에 물이 차고 어느새 무엇보다 아름다운 존재로 바뀌는 모습이 경이롭고 좋으면서도 그것에 상대적 박탈감을 느꼈다.

    저것들도 생명이 있다고 매년 부지런히 때를 기다렸다 전성기를 맞이하는데, 내 인생은 무엇이 문제기에 꽃을 피우지 않는지 불만이었다. 그래서 어느 해에는 무당들이 나와서 신년운세를 말해주는 유튜브 채널에 매일같이 들어가 영상을 보았다. 실제로 사주를 보아도 돌아오는 답은 비슷해, 도대체 언제 잘 될지 궁금하고 답답했다. 그리고 나보다 어린 나이에 잘나가는 다른 사람들을 질투했다. 특히

또래의 연예인들이 좋은 차를 타고 좋은 집에서
사는 것을 방송에서 볼 때마다 스스로가 초라해져서
최대한 보지 않으려고 노력했다.

뜻하지 않은 시련이라도 오면 더욱 괴로웠다.
가정의 불화, 구설수, 싸움 등이 잦아지면서
화풀이 대상을 찾던 때도 있었다. 친구와 절교하고
극단적으로 생활환경을 바꿨다. 내가 잘 되지 않는
것이 마치 환경 탓인 듯 행동했다. 갑자기 집을
나와서 독립을 했고, 혼자 몇 달을 좁은 오피스텔에
틀어박혀 지냈다.

그러다 어느 날 깨달았다. 내가 바뀌면 세상이
바뀌겠구나. 그 깨달음의 결과가 궁금해서 불만이나
시기, 질투가 일어나도 그런 것들이 없는 척
가식적으로 행동한 적도 있다. 처음에는 마음에 없는
소리를 하니 입안에 가시가 돋는 느낌이었지만, 곧
그것이 진심으로 변하기 시작했다. 친절하지 않지만
친절한 척 남을 대하고, 부지런하지 않아도 부지런한
척 집 안을 청소하고, 공부에 흥미가 없지만 매일
아침 일어나 책을 읽었다. 신기하게도 마음에 없어도
일단 행동을 하면 마음이 생겼다. 그렇게 조금씩

몸과 마음에 좋은 습관을 만들었다.

　마음이 긍정적으로 바뀌니 우울한 감정과 시기,
질투의 마음이 많이 가라앉았다. 물론 여전히
건강하지 않은 감정이 올라오는 것을 종종 느끼지만,
예전에 비하면 정말 가끔이고 그 정도도 희미해 금세
가라앉는다. 그럴 때마다 그 감정을 자각하고자 하는
의지가 많은 도움이 되었다. 감정에 사로잡히는 것이
아니라 지금 나의 상태가 어떤지를 먼저 인지하려고
하면, 감정에 휩쓸리지 않고 이성을 되찾을 수
있음을 깨달았다.

　외주업무에는 정해진 규칙이 없다. 한 번에 몰려
들어오기도 하고, 한동안 아예 들어오지 않을 때도
있다. 규칙적인 생활 패턴을 가질 수 없는 직업을
선택했으니 그런 상황 정도는 감내해야겠지만,
일이 많이 들어올 때는 그걸 다 감당하지 못해서
스트레스를 받고 일이 들어오지 않을 때는 우울이
깊어져 스트레스를 받았다.

　그래서 최대한 규칙적인 과업을 만들어
이어가면서, 불규칙해 보이는 일정이라도 1년 단위로
크게 보면 하루의 일상은 규칙적일 수 있도록

노력한다. 일주일에 두 번은 오전에 꼭 운동을 간다.
창의적인 일을 해야 하는 사람들에게 운동은 정말
명약이다. 잡생각을 날려주고 몸을 가볍고 튼튼하게
만들어주는 것은 운동밖에 없다. 운동을 하고 집에
돌아와 아침을 먹고, 이후 설거지를 하고 청소를
한다. 가장 중요한 고양이 화장실 치우기를 끝내고
나서는 옷을 차려 입고 마을버스로 몇 정거장
안 되는 작업실로 향한다. 직장인처럼 규칙적인
출퇴근은 없지만 나름대로 느슨하지만 단단한
규칙을 만드니 불안한 마음이 줄어든다.

　이렇게 일상을 유지하는 사이에 마감이 있는
외주작업을 하면 된다. 정해진 일정을 확인하고 남은
날을 계산해서 부지런하게 작업을 하고, 완료된
일들은 담당자가 다음 날 바로 확인할 수 있도록
예약 메일을 걸어둔다. 일정 관리용으로 작은 수첩을
마련해서 미팅 때나 외주업무를 할 때 쓰는 습관을
들였더니 꽤 유용하다.
　일이 들어오지 않는 시기에는 점점 줄어드는
통장 잔고에 스트레스를 많이 받지만 속으로는
'오히려 좋다'고 생각하려고 애쓴다. 그런 시기에

비로소 내가 원하는 것만 그릴 수 있기 때문이다.
다양한 방법으로 작업을 해보고 분기별로 새로운
재료를 의무적으로 사서 도전을 해본다. 내 작업으로
굿즈를 제작해 예약을 받고 판매하기도 한다. 새로운
시도를 하고 나면 스트레스도 크게 줄어든다.
주로 패브릭 굿즈를 만드는데, 들어갈 이미지를
디자인하고 원단에 얹어서 샘플을 받고 나면 일단
하나하나 손으로 잘라야 한다. 어느 정도의 노동이
필요한 작업을 하다 보면 쓸데없는 잡생각이 많이
사라진다. 그리고 검수를 위해 공장을 여러 번 가야
하기에, 강제로 몸을 움직여 활기를 얻기도 한다.
이렇게 수입이 어두운 시기를 견디다 보면 어느새
작업 의뢰서가 들어와 있다. 그래서 나는 이런
시기를 봄을 기다리는 나무의 심정으로 보낸다.

나의
용맹한 고양이

율무는 2016년에 나에게 왔다. 아니, 내가 첫눈에
반해 데리고 왔다. 뒷발을 절어 잘 걷지 못하던
율무를 어미가 이소하면서 버리고 떠났고, 새벽 내내
동네가 떠나가라 큰소리로 울면서 차도로 나가는
걸 동료 작가가 외면하지 못하고 집으로 데려왔다.
그러나 안심도 잠시, 동료 작가가 키우던 강아지가
새로 온 새끼 고양이를 별로 좋아하지 않아 임보할
사람을 찾아야 했고, 마침 인스타그램을 둘러보다가
그 소식을 접한 내가 그 자리에서 동료 작가에게
연락해 가족 몰래 데려오면서 율무와의 인연이
시작되었다.

율무가 집에 왔던 날에는 잔치를 했다. 정확한
연유는 기억나지 않지만 엄마의 동네 친구와 동생,

나의 동료 작가, 학교 후배까지 와서 거하게 중국집 요리를 배달시켜 먹었다. 엄마는 "나는 세상에서 제일 무서운 것이 고양이다"라고 말하긴 했지만, 내심 반기는 눈치였다. 아빠의 의견은 사실 중요하지 않았다. 내 인생에서 아빠의 의견만큼 의미 없고 힘없는 것도 없다. "우리 집은 고양이 안 키워"라고 말하는 아빠의 말을 깡그리 무시하고서 율무를 위한 것들을 방에 하나둘씩 구비하기 시작했다. 그렇게 내 팔자에 고양이라는 단어가 새겨졌다.

당시 다소 충동적으로 고양이를 임시 보호하겠다고 나선 부분도 없지 않았고, 나의 인생에 고양이가 들어올 줄은 꿈에도 몰랐다. 내 인생에만 그랬을까. 엄마와 아빠, 동생 모두 나 때문에 자신들의 인생에 갑작스레 고양이를 들였다. 내가 율무를 임시 보호하는 동안 동료 작가는 꾸준히 입양자를 찾아다녔지만 딱히 방도를 찾지 못한 상황이었다. 계획에 없던 육묘를 하며 밤잠을 설치다 너무 힘든 나머지 동료 작가에게 서둘러 입양처를 찾아야겠다고 말했던 그날, 엄마는 다른 다짐을 했다. 외출 후 집에 돌아와 문을 열었는데 눈을 겨우 뜬 율무가 인기척을 듣고 현관으로 나오는 모습을

보고는 마음에 결심이 섰다고 한다. "얘를 누구한테
보낸다고 그러니"라는 엄마의 선언으로 율무는
그렇게 완전히 우리 가족이 되었다.

24년 현재 아홉 살이 된 율무는 7킬로그램으로
건강한 근육질 타입, 고등어 무늬의 전형적인 한국
고양이이다. 고등어 무늬 고양이는 귀신도 쫓는
기개가 있다는 말을 종종 듣는데, 율무는 정말
기세가 등등하다. 우리 가족이 다들 제각각의 기세로
사는 사람들로 구성되어 있긴 하지만 고양이까지
기가 셀 줄은 정말 몰랐다. 이전에 키우던 햄스터가
어쩐지 기세가 등등했던 것을 생각하면, 율무도
우리 집에 와서 기가 세진 것인지 아니면 원래 센
놈들만 우리 식구가 되는 것인지는 여전히 미제로
남아 있다. 햄스터 초코는 자신에게 주어진 명을 다
채우고 노쇠하여 무지개별로 갔다. 가끔 옷장 위
거대한 플라스틱 상자 속에서 자신의 세계를 만들며
살던 그 작은 쥐가 그립다.
   율무는 예쁜 짓만 골라서 하는 고양이이다.
벽지도 뜯지 않고 소파도 뜯지 않고 이불에 똥오줌
테러를 하지도 않으며, 사람이 잘 때 같이 자고

일어날 때 같이 일어나고 화장실 모래도 가리지 않고 사료도 가리지 않고 잘 먹는 그런 호쾌한 성격의 고양이이다. 다만, 인간에게 큰 피해를 주지 않기 때문에 자신도 인간에게 예기치 못한 침해를 받는 것을 매우 싫어한다. 발톱 깎는 것, 씻는 것, 병원 가는 것, 이빨 닦는 것, 털 빗는 것 모두 허용하지 않는다. 몇 년 전, 동물 병원에 연례행사처럼 종합 검진을 예약하고 회복실에 있던 율무를 꺼내려던 순간 모두가 간과한 부분이 있었다. 율무가 꽤 힘이 세졌으며 저항할 만한 나이가 되었다는 것 말이다. 블랙홀 마냥 커진 동공으로 놀라는 것도 잠시, 빠르게 뛰쳐나온 이 고양이는 회복실 전체를 뛰어다니기 시작했다. 성인 셋이 달라붙어 겨우 힘들게 케이지에 넣었고, 수의사 선생님의 팔에 커다란 발톱 자국을 남기는 것으로 소동을 마무리할 수 있었다. 그 이후로는 동물 병원과 암묵적인 합의가 생겼는데, 율무가 정신이 멀쩡할 때는 절대 케이지 밖으로 꺼내지 않는다.

고양이는 훌륭한 정신과 의사가 맞다. 율무를 만났을 당시 우울증과 무기력증으로 한창 힘들

때였는데, 새끼 고양이를 돌보며 억지로라도 움직여
활기를 되찾았다. 귀여운 얼굴과 부드러운 털은
손끝에 남아 있던 스트레스를 살살 털어내주었다.
나만 따라다니는 생명체 덕분에 이상하게 자존감이
올라갔고, 동물과 교감을 하면서 의심하지 않아도
되고 안심이 되는 사랑에 대해 알게 되었다. 동물은
배신을 하지 않는다. 한번 마음을 주면 끝까지
주는 그 모습을 보면, 인간이 얼마나 작고 사소한
부분에서까지 비열한지 알게 된다. 오로지 고양이를
먹이고 키우기 위해 돈을 벌려고 애쓰기 시작하면서
나의 우울증도 조금씩 나아지기 시작했다.
이것만으로도 나는 율무에게 큰 빚을 진 셈이다.

프리랜서의
건강한
일상 만들기

스물아홉, 국가 건강검진에서 공복혈당장애
진단이 나왔다. 밥 대신 케이크와 커피로 때우고
식사 시간이 불규칙해서 그랬던 것 같다. 그 당시
일주일에 두 번은 수영, 세 번은 필라테스로
일주일을 꽉 채워 운동하고 있었지만 젊은 나이만
생각하고 식단은 전혀 신경 쓰지 않았던 거다.

그보다 몇 년 전은 더 심했다. 졸업 후에 회사를
잠깐 다니다가 계약 종료 시점에 자발적으로
관두고 나와서는 침대와 하나가 되어 방대한
양의 미국드라마를 몰아 보느라 바빴다. 새벽을
넘기면서까지 드라마를 정주행 했고 배가 고파지면
그제야 밥을 먹었다. 밥 대신 빵이나 불량식품으로
때울 때도 많았다. 아침마다 학교를 가거나 회사를
가기 위해 하던 일들을 멈추니 모든 일상이

무너졌다. 감정은 늘 저 아래쪽에서 밑돌고 일이
들어오지 않아 그림을 그려도 불행한 기분이 들었다.
　그나마 그 시절을 좋게 생각하는 이유는 인풋의
양이 방대했던 시기라 그렇다. 우울하니 영화라도
봐야 할 것 같아서 씨네큐브에 가서 영화를 보고,
교보문고에 가서 당장 읽지 않을 원서나 책을 샀다.
그렇게 사면 언젠가는 읽었다. 그리고 전시를 제일
많이 보던 시기기도 했다. 전시가 너무 좋아서
전시장에 있는 아트숍에서 아르바이트를 한 적도
있었다.

　프리랜서의 일상에도 규칙이 있어야 하는지
몰랐다. 그저 되는 대로 행동하고 일했기에 몸과
마음이 건강하지 않았다. 13년 가까이 외주 일을
받으며 일했지만 내 몸에 맞는 루틴을 찾은 지는
고작 3년밖에 되지 않는다. 규칙적으로 아침을
먹고 일주일에 두 번 운동을 하고 산책을 하며 몸과
마음의 건강을 살피게 된 것이다.
　프리랜서는 누구보다 규칙적으로 살아야 한다.
아무리 규칙으로 정해두어도 강제성이 없어서 거의
집착하다시피 규칙을 사수하려고 애써야 한다.

왜냐하면 건강과 시간이 곧 돈이기 때문이다. 그리고 돈은 곧 내 일상을 지탱해주는 기본 요소이기도 하다. 그러나 불안한 마음에 돈을 좇아 일을 많이 받으면, 결국 과부하가 와서 부족한 시간을 붙잡고 마감만 하다가 건강을 해치게 된다. 그렇기에 일정 관리가 정말 중요하고 스스로 쉼을 잘 챙겨가며 한 달 계획이든 10년 계획이든 세워야 한다.

나는 아침은 가장 간단한 방법으로 먹고 있다. 가족들이 출근하는 시간과 비슷하게 일어나 잠자리를 정리하고, 고양이 율무의 아침밥을 챙긴 뒤에 엄마와 나의 아침을 챙긴다. 최근에 정착한 메뉴가 있는데 닭가슴살 한 쪽과 식빵 한 조각, 청상추와 루꼴라, 방울토마토나 과일 조금을 샐러드로 만들어 올리브 오일과 발사믹을 넣어 먹는다. 혈당 관리를 위해 이 식단을 선택했는데, 식재료를 간소화해서 미리 손질해놓으면 일주일 내내 메뉴 고민 없이 빠르게 준비해서 먹을 수 있다. 이렇게 먹고 남으면 도시락으로 싸서 작업실에 가져가 먹는다. 20대에 백수로 지내던 시절에는 가족 4인의 집안일을 도맡아 하는 것이

스트레스여서 화가 많이 났다. 그러나 요즘은 애써서
몸을 꾸준히 자주 움직이려고 노력한다.

주중 2회는 오전에 크로스핏을 한다. 수영, 요가,
필라테스를 하다가 몇 번의 부상을 겪고 정착한
운동이다. 구민 체육센터에서 일반인 대상으로
저렴한 가격에 운영하는 수업을 듣다 보니, 사설
업체에서 하는 아주 강한 강도의 크로스핏이 아니라
중간 정도의 강도로 운동할 수 있어 오히려 좋다.
그러나 처음 시작했을 때는 그마저 지옥 훈련같이
너무 힘들었지만 말이다. 평소에 생각이 많은 편이라
주 2회 운동하는 시간이 무척 소중하다. 잡스러운
생각이 땀과 함께 사라진다. 매주 2회 새로 태어나는
기분이다. 그 상태로 터덜터덜 집으로 걸어가서 씻고
나면 정말로 개운하게 다시 태어나는 기분이다.
튼튼해진 정신과 몸을 얻고서.

여러 가지 방법을 모색해본 결과, 지금의 루틴이
창작을 업으로 하는 사람들이 건강하게 오랫동안
작업을 할 수 있는 방법인 것 같다. 프리랜서라는
직업 자체가 예상하지 못한 일들을 해내야 하는
경우가 많고 스케줄 변동도 잦다 보니, 오전 일과와
저녁 일과에서만큼은 규칙적인 것들을 정해두어야

일과 일상 사이에서 어느 정도 균형을 맞출 수
있다고 생각한다. 내가 통제할 수 있는 나의 일상은
되도록 규칙적으로 굴려보자!

힘을 빼고
최선을 다하지 말아야
하는 이유

프리랜서에게는 시간과 체력을 포함한 모든 것이 돈이다. 잠깐만 쉬어도 돈이 바로 끊기고 아프면 당장 다음 달 수입을 걱정해야 한다. 그렇다고 내일이 불안해서 이번 달에 일을 많이 받으면 다음 달에는 아파서 일을 못하는 최악의 상황이 올 수도 있다. 체력과 시간을 적절하게 분배해 좋은 컨디션을 유지하면서도, 당장 돈 걱정을 하지 않아도 될 방법이 있을까? 바로 내가 가지고 있는 것의 40~60퍼센트만을 일하는 데 쓰는 것이다. 물론 이것은 프로로서의 역량을 말하는 것으로, 프로 역량의 40퍼센트는 보통 사람이 가진 역량의 100퍼센트에 맞먹는다는 것을 기본 전제로 한다. 나의 경우 역량의 40퍼센트만 사용해도 100퍼센트에 가까운 결과물을 만들어내는 평균치를

만들기 위해서 20년에 가까운 시간을 투자했지만
말이다. 간혹 정말 욕심나는 큰 프로젝트는
100퍼센트에 가까운 에너지를 써서 일하기도 한다.
그 과정에서 근사한 포트폴리오를 얻을 수 있지만,
몇 달간 몸이 아파 고생하게 된다.

유튜브를 시작했을 때 다른 유명 채널들을 보며
이것을 오래 할 수 있는 방법을 궁리한 적이 있다.
자신만의 방식으로 간결하고 효율성 있게 영상을
제작할 줄 알아야만 오랫동안 채널을 유지하며
사랑 받을 수 있다는 걸 깨달았다. 유튜브 영상을
만들어본 사람이라면 알겠지만 호기롭게 시작할수록
뒤로 가면서 힘에 부쳐 포기하게 된다. 영상을
제작하는 일이 생각보다 품이 많이 들기 때문이다.
물론 이렇게 말하는 나도! 현생이 바쁘다는 이유로
1년이 넘게 영상 업로드를 미루고 있긴 하지만….
이 주제와 관련하여 두 가지의 책이 생각나는데,
공교롭게도 지금 함께 살고 계시는 작가님들의
저작으로 하나는 김하나 작가님이 쓴『힘 빼기의
기술』이고 다른 하나는 황선우 작가님이 김혼비
작가님과 함께 쓴『최선을 다하면 죽는다』이다.

힘을 빼고 최선을 다하지 않아야만 하고 싶은 일을 오래도록 잘할 수 있다는 것을 책을 읽어보면 더욱 확실하게 이해할 수 있다. 무엇을 시작할 때 처음부터 완벽하게 갖추고 시작하겠다는 생각이 몸과 마음을 힘들게 한다. 시작이라는 말 자체가 아직은 완벽할 수 없음을 내포하고 있고, 일단 시작해야 나아질 기회도 있기 때문에 우선 가벼운 마음으로 수월하게 시작하는 것이 좋다.

가지고 있는 능력치의 40~60퍼센트만 사용해 일을 하려면 슬프게도 일단 100퍼센트까지 발휘해봐야 가능할 수 있기 때문에, 내가 가진 재능으로 돈을 벌려면 한두 번쯤은 능력의 100~120퍼센트까지 끌어올려 결과물을 뽑아내는 경험을 해봐야 한다. 그리고 이런 건 그나마 체력적 타격이 적은 젊을 때 경험할수록 좋다. 물론 경제적 타격은 어느 정도 감수하긴 해야 하겠지만 말이다. 늘 능력치 100~120퍼센트를 발휘해 나를 갈아가며 일할 수는 없다.

게다가 프리랜서는 출퇴근, 연차, 휴가가 따로 정해져 있지 않기 때문에 이런 식으로 일하다가는

일상과 일이 엉켜서 밤새는 일이 늘어나고, 일
자체가 일상의 중심이 되어서 몸이 서서히 망가지는
것을 깨닫지 못한 채 큰 병을 얻게 될 수도 있다.
시간의 분배에 이어 체력의 분배가 너무나 중요한
거다. 프리랜서에게 일은 순차적으로 들어오는 법이
없고, 몰려오는 일을 응대하고 처리하는 데만도
시간이 많이 쓰이기 때문에, 그 과정이라도 루틴처럼
만들어 최대한 체력을 아끼는 것도 방법이다. 내
경우 앞서 이야기했듯 의뢰서 형식을 사용해서 일을
정리해서 받고 나니, 아직 진행이 확정되지 않은
일들에 응대하고 그것을 처리하느라 시간을 헛되게
쓰는 일이 이전보다 많이 줄어서 체력적, 시간적으로
나를 많이 아낄 수 있게 되었다.

중요하니 거듭 말해본다. 프리랜서는 나를 아껴야
한다.

비장의 무기는 나중에

eonju

초심자의
마음으로

"한번 해봐야 알 것 같아요."

클라이언트에게 제일 많이 하는 말이다. 해보지
않으면 내가 잘하는지 못하는지 알 수 없다. 특히
그림을 그리는 것이야말로 하는 행위가 중요하다.
선을 그어봐야 그다음에 어떤 선을 그을 수 있을지
예측할 수 있다. 상상만 해서는 그림이 늘지 않는다.
이 논리가 비단 그림에만 국한되는 것은 아니다.
운동, 악기, 춤을 포함한 인간의 모든 행위는 일단
해보아야 알 수 있고 해야지 늘 수 있다. 재능이라는
추상적인 관념에 갇혀서 시작하기도 전에 자신의
재능을 가늠하느라 시도조차 하지 못하는 것이
가장 억울한 일이다. 그림을 꽤 오래 그린 나도 아직
못 해본 작업 방식이 많고, 의뢰인에게 할 수 있다
없다에 관해 분명하게 말할 수 없는 이유도 바로 이

때문이다.

언젠가 엑스(구 트위터)에서 무언가를 새로 시작할
때 잘하지 못하는 자신을 견디는 것이 어렵다는
글을 본 적이 있다. 아주 어릴 때 무언가를 시작하면
어린이라 미숙한 게 당연하다는 사회적 편견 안에서
보호받기 때문에, 그것을 등에 업고 되레 더 편하게
실수하고 성장한다. 그러나 성인이 되고 나서
무언가를 새로 시작하면, 이미 무언가를 잘하는
나와 아무것도 못하는 나 사이의 격차를 견디기
어려워한다. 막말로 쪽팔리기 때문이다.

스물두 살에 처음으로 아르바이트를 했다.
대학에 입학했지만 학교에 적응하지 못해
충동적으로 자퇴를 했고, 다른 학교를 가야 할지
혼자서 공부를 할지 고민만 하다가 2년을 무엇도
제대로 하지 못하고 그냥 흘려보냈다. 그러는 동안
아르바이트라도 하려고 알아보았고 지원을 하는
족족 떨어지다가 취업과 비슷한 수준의 경쟁률을
거쳐 한곳에서 일할 수 있었다. 주변에는 나보다
더 일찍 아르바이트를 시작한 친구들이 꽤 있었고,
알바를 처음 해보는 것이 너무 늦된 건 아닌지 좀

창피하기도 했다. 그러나 돌아보면 아주 적절한 시기가 아니었나 싶다. 아르바이트는 생각보다 즐거웠고 할 만했으며, 일하다가 사람들을 많이 사귀어서 내 세계가 넓어지는 계기가 되었다. 그리고 이후 무언가를 처음 시작하는 것이 그렇게 두렵지 않게 되었고, 결국 같은 학교에 재입학해서(피 같은 돈…) 복수 전공도 하고 두 개의 졸업전시를 마치는 데 원동력으로 삼았다.

그러나 운동은 다른 얘기였다. 예체능의 범주 안에서 살아온 나였지만 2차 성징과 생리를 핑계로 체육은 나와 멀어진 지 오래였기 때문이다. 스물여덟에 다시 운동을 시작하려니 주저하는 마음이 생기는 것이 당연했다. 수영을 하고 싶었지만 집 근처 수영장 안내 데스크를 가는 일 자체가 무서웠다. 불친절한 수영장 관리인과 몰려다니며 잔소리한다는 고인물 할머니들, 예측되지 않는 나의 체력 등을 이유로 몇 달을 그냥 보내다가 무더운 어느 날, 다음 달부터 시작하는 강의를 등록했다. 다행히도 강사는 친절했고 오전반 할머니들과 아줌마들은 유일하게 젊은 나를 귀여워해주셔서 몇 달 만에 초급반에서 고급반으로 올라가 어느새

오리발을 사용하는 수준까지 성장할 수 있었다.

　그런데 곧 코로나로 수영장이 문을 닫으면서
다른 운동을 알아보는 수밖에 없었다. 마침 집 근처
구민센터에 PT와 크로스핏을 합친 강좌가 생겼다는
소식을 접하고 등록했다. 아직 체력 자체가 그렇게
좋은 상태는 아니었어서 다양한 방식으로 운동을
하는 크로스핏이 좀 어렵게 느껴졌다. 팔 벌려
뛰기조차 헉헉거리면서 제대로 못하는 나를 보고
있자니 창피도 그런 창피가 없었다. 철봉에 매달려
하는 풀업을 못하는 건 당연하고, 줄넘기도 80개
채우는 게 고역이었다. 그리고 그날 다짐했다.
　'해보긴 하겠지만 잘하려고 노력하지 말자!'
　다음 날 강사님이 "여러분 운동 잘하고
싶으시잖아요?"라고 물었을 때 "저는 잘하지
않아도 돼요!"라고 말했다. 마음이 어찌나 편하던지!
그러니까 힘들면 잠깐 쉬고 할 만하면 하면 되는
거였다. 하나둘 새로운 운동들을 익히다 보니 그
전날보다 조금씩 나아졌다. 버피를 하나도 제대로
못하다가도 그다음 달에는 10개는 무리 없이 할 수
있었다. 그러다 깨달았다. 내가 나의 발전을 진심으로

응원하고 성장과 실패를 편하게 받아들이고 있다는 점이었다.

　그렇게 마음을 가뿐하게 만들고 보니 아무것도 모르고 못하는 나의 상태가 좋았다. 그 말인 즉, 해볼 수 있는 게 많다는 의미니까. 그림을 오랫동안 그리고 꽤 잘 그리게 되면서 무언가를 잘하는 내 상태에 별다른 감흥이 없었는데, 내가 못하던 것들을 시도해보니 새로 시작하는 그 마음을 다시 찾을 수 있었다.

잘하지 못할 것들의
목록 적기

　무언가 새로 시작하는 감각에 빠져들어
이번에는 운전을 해봐야겠다고 생각했다. 오랫동안
열망했지만 정말로 못하는 운전을 시작하면 성장의
진면목을 볼 수 있을 것 같았다. 물론 어릴 때
호기심으로 잡아본 골프 카트를 바위에 처박은
기억이 자꾸 떠올라 과연 내가 운전을 할 수 있을지
계속 의심이 들었지만, 못하는 것을 해내는 것에서
생성되는 도파민에 중독된 나는 동네 친구를 꼬셔
같이 운전면허 학원에 등록했다.
　모든 걸 쩌죽일 것 같은 코로나 시국의 7월.
친구와 나는 광명의 운전면허 학원에 가서 70만
원을 할부로 긁고 왔다. 하필 돈도 잘 벌지 못할 때라
70만 원이 얼마나 크게 느껴지던지…. 아니, 사실
70만 원은 지금도 큰돈이긴 하다. 이후 대형면허를

따고 싶어서 다시 학원에 알아봤는데 동일한
금액이라 아직까지 망설이는 중인 걸 보면 말이다.
아무튼 등 떠미는 사람이 없어도 이것저것 잘 찾아서
일을 벌이는 서른 살의 나와 친구 은하는 운전대를
잡으러 광명까지 몇 주를 왔다 갔다 했다.

  "자, 이제 내려서 운전석으로 가세요."
  아직 본 게 없고 한 게 없는데, 장내 연습장을 한
바퀴 대충 돌더니 강사가 내게 말했다. 지금 이렇게
바로 한다고? 죽으려고 환장한 것인가 하는 생각도
잠시, 무더위에 에어컨도 나오지 않는 고물차를
보니 딱히 큰일은 나지 않을 것 같아 마음 편하게
운전대를 잡았다. 엑셀과 브레이크 작동 방법도
모르던 내가 휠을 잡다니 감개무량했지만 가장 쉬운
장내 코스마저 모든 부분이 난코스처럼 느껴졌다.
  그런데 그다음 주의 강사는 더욱 가관이었다.
나에게 아무것도 가르치지 않았기 때문이다. 누군가
누를수록 더 세게 튀어 오르는 성격이기에, 오기로
혼자 장내 코스를 익혔다. 강사는 사고 날 것 같은
상황에서만 소리를 질렀기 때문에, 일부러 사고 한번
내볼까 하는 심보로 거침없이 운전하다 보니 운전

감각을 빠르게 익혔다. 그랬더니 강사는 "거봐 혼자 해봐야 안다니까요? 장내 기능 백 점 받겠네"라는 말을 남기곤 사라졌다. 그렇게 무더위 뙤약볕 아래서 필기와 실기를 모두 해내고 도로 주행까지 잘 마쳐 면허를 따냈다.

그런데 문제는 가족 자동차를 아빠가 독점하고 있다는 거였다. 동생이 초등학교 6학년일 때 마련한 기아에서 생산한 SUV였는데, 주행거리가 고작 5만밖에 되지 않는 새것 같은 똥차를 내가 점유하는 게 쉬운 일이 아니었다. 나는 이 고물차로 운전 연수를 꼭 받고 싶었기 때문에 아빠와 말도 안 되는 기싸움을 몇 달 동안 벌였다. 몰래 차 키를 빼앗아 지하 주차장으로 내려가 시동을 켜보고 이것저것 조작해보다가 겁이 나면 다시 안 그런 척 키를 제자리에 돌려놓거나, 아빠가 회사에 있을 때 무작정 연수 강사를 부른 뒤 전화로 통보하기도 했다. 그제야 나를 본인의 보험 아래로 넣어준 아빠를 조수석에 앉혀 두 번의 연수를 받았는데, 그것을 끝으로 가족 자동차에 대한 집착은 버렸다. 쏘카를 빌릴 수 있었기 때문이다.

사실 나의 운전 여정은 면허 학원 메이트였던
은하의 덕이 크다. 나와 비슷하게 일단 저지르는
것을 잘하는 은하는 면허를 따고 나서는 무작정 엄마
자동차를 끌고 다녔다. 새벽에 몰래 타고 나갔다가
주차를 못해서 부모님을 깨우기도 하고, 일이 없어도
운전을 할 구실을 만들어 운전을 했다. 폭설이
내려도 강원도를 가기 위해 새벽 운전을 하는 은하를
보면서 많은 것을 느꼈다. 역시 일단 해야 한다.
해봐야 안다.

　　그리고 그렇게 해보는 일들은 처음 하는
것일수록 재미있다. 못해본 것일수록 작은 발전에도
전후의 큰 차이를 느낄 수 있고 그만큼 큰 성취감을
얻게 되니까. '어때, 못할 수도 있지 처음인데'라는
생각은 처음 무언가를 시작하는 모든 사람에게
도움이 된다. 미약하게 시작할 때 성대하게 끝낼
여지가 있지만, 성대하게 시작하면 그 끝이 무엇이
되었든 미약해 보이기 마련인 법이다. 오늘도 내가
잘하지 못할 것들의 목록을 적어본다.

일,
작업,
자존심

　'일'은 그 자체로 괴롭다. 그리고 좋아하는 것이
일이 되면 더 괴롭다. 건빵 봉지 속 별사탕처럼
괴로움 속에 즐거움이 있기 때문이다. 이상한 오기가
생겨 자꾸 목이 말라도 건빵을 먹듯이 괴로운
일 속으로 파고 들어간다. 좋아하고 잘하는 것을
업으로 삼아 살고 있지만, 전혀 다른 분야를 업으로
삼았더라도 그림을 계속 그리고 있을까 하는 생각이
종종 든다.
　가끔은 그림을 가운데 두고 가격을 협상하는
것이 무척 괴롭다. 그리는 사람도 나이고, 파는
사람도 나이기 때문에 세련되게 협상을 하면 나
자신이 너무 장사꾼처럼 느껴지고, 그렇다고 작업에
비해 돈을 제대로 받지 않으면 억울해져서 잠이 또
안 온다. 그럼에도 내 이름을 걸고 무언가를 만들기

때문에 언제나 제대로 하고 싶은 욕심이 있다.

어릴 때 엄마와 장을 보러 가면 엄마 특유의 구매 방식이 신기해 보였다. 시장에 비슷한 품목을 놓고 파는 가게가 여럿이어도 엄마 나름의 기준으로 오래 거래할 가게를 찾고, 그런 곳을 찾으면 다른 곳은 여지도 주지 않고 오직 그곳에서만 구매를 했기 때문이다. 식품을 살 때도 그랬고 옷을 살 때도, 인테리어 및 세상의 모든 업자들을 만날 때마다 그랬다.

그 기준은 '자존심'이 센 사람을 찾는 거였다. 같은 일을 해도 진짜 욕심내서 하는 사람은 그 얼굴이 다르다. 자신이 제일 좋은 물건을 판다는 자부심으로 판매를 하는 사람은 기세가 등등하다. 조금만 이야기해봐도 알 수 있는데, 사람을 대하는 데 걸리는 것이 없고 부드러우며 호쾌한 사람들이 많다. 물론 그중엔 겉으로 보기에는 불친절해 보이는 사람도 있었으나, 어느 정도 허용되는 선에서 까칠했던지라 엄마는 크게 신경 쓰지 않았다. 그런 사람들에게서 물건을 사거나, 같이 일을 하면 뒤탈이 없었다.

생각해보면 그건 자세의 문제이다. 20대부터 여러 가지 일을 해보았지만 일에는 귀천이 없다. 사람의 행동에 귀천이 있을 뿐. 경험상 '내가 사실 이런 일할 사람은 아닌데' 식의 태도로 일하는 사람들이 꼭 문제를 만들었다. 자신이 과일이나 팔고 그럴 사람이 아닌데 과일을 파는 사람이 운영하는 가게에서는 과일이 신선하지 않고 품질에 비해 가격이 터무니없는 경우가 많았다. 옷을 사도 그렇다. 자신이 진심으로 좋은 품질의 옷을 찾아 파는 사람들은 태도에 '내가 옷이나 팔고 그럴 사람이 아닌데' 식의 태도가 없다. 구매자의 입장에서도 판매자를 있는 그대로 존중하게 되어 있다.

'그럴 사람'은 자신의 태도로 만드는 것이다. 내가 그림이나 그릴 사람이 아닌데 그림을 그려다 팔아서 생계를 유지한다는 태도라면, 같이 일하는 사람들은 시작부터 기분이 상할 것이다. 분명 그런 태도로는 거드름을 피울 것이 뻔하기 때문이다. 나로부터 비롯되는 일을 끝까지 잘 책임지려는 마음은 세상 어떤 일에도 다 중요한 마음가짐이다. 프리랜서 13년 차, 엄마가 물건을 사던 가게 사장님들의 얼굴이 되어가는지 나를 돌아본다.

사람과
사람이 하는
귀한 일

　　이 세상에서 사람으로 태어나 하는 일은 모두
사람을 만나서 하게 되어 있다. 당연한 일이지만
점점 당연해지지 않는 세상으로 바뀌고 있는 것도
사실이다. AI가 발전하게 되면서 절대로 잘리지
않을 것 같던 직군인 개발자들이 대거로 권고사직을
당하고, 그들이 하던 일을 AI가 대신하고 있다. 처음
AI 프로그램이 언급되던 시점에는 단순 노동 직군이
먼저 일자리를 잃을 것이라 했지만 예측과 달리
방대한 지식을 필요로 하는 전문직군과 더불어 창작
직군이 큰 위협을 받고 있다. AI의 손길이 쉽사리
닿지 않을 것이라고 예측되었던 예술 분야마저 AI가
글과 그림, 음악까지 빠르게 학습하여 제법 괜찮은
작업물을 내놓고 있어, 관련 전문가들이 불안을
느끼고 있다.

예전에 한 출판사 직원이 작가들의 비위를
맞추기가 너무 어려워 차라리 AI를 써서 표지를
만드는 것이 훨씬 스트레스를 덜 받는다고 말하는
걸 들은 적이 있다. 나도 회사에서 외주작가와
소통할 때 그들의 기분이 상할까 봐 걱정되어
이메일에 몇 자 적는 것마저 고민하던 경우가
있기에 공감되기는 했다. 작가들은 보통 예민하게
마련이고 토씨 하나에도 기분이 상해 작업 중단을
선언하는 사람들도 있다는 말을 종종 들었기 때문에
담당자들이 받는 스트레스를 모르는 것은 아니다.
그러나 막상 외주작업자의 위치가 되어보니 없는
사람 취급을 받는 경우가 많아, 이쪽 입장에서도
부당한 대우에 이골이 나서 점점 예민해질 수밖에
없겠다는 생각이 든다. 결국 서로가 어느 정도
이해를 바탕으로 적극적으로 소통하면서 조정을
해야 더 나은 작업물이 나온다는 결론에 양쪽 모두
동의할 것이다.

재미있는 건, AI도 창작이 어려운 것인지 요청
지문을 적을 때 강압적인 어투로 적으면 결과물의
질이 떨어진다는 거다. 프로그램을 어르고 달래서

'지금 만들어낸 출력물도 너무 좋지만, 수정해서 더 나은 방향으로 만들어 보겠느냐'고 제안해야 좋은 작업물을 만들어낸다고 한다. 기계나 사람이나 비위 맞추기가 참 어렵지만, 이 상황을 관통하는 한 가지 포인트는 강압적으로 요청하면 그 무엇이 되었든 나은 결과물이 나오기 어렵다는 것 아닐까.

물론 나라면 사람과 소통하는 편을 더 선호할 것 같다. 같이 일하게 될 사람이 나와 맞지 않을 수도 있고 괴로울 수도 있겠지만, 일하며 우연히 비슷한 결의 사람을 만나게 되면 내 세계가 확장되는 즐거운 경험을 할 수 있기 때문이다. 사람에게 사람은 큰 자산이 되기도 한다.

프리랜서로 활동하며 업무적으로 만나 개인적으로 좋은 관계가 된 사람들이 너무 많기 때문에, 나는 여전히 이 일을 사랑할 것이다. 반면 AI와 소통하여 받을 수 있는 건 결과물 이외에 뭐가 또 있을까. 물론 AI와 사랑에 빠지는 사람들이 생기고 있다는 것을 보면 아마 시간이 흐르면서 다른 이점이 생겨날지도 모른다.

AI에 대한 나의 입장은 처음부터 지금까지 계속

부정적이었기 때문에 마냥 좋은 이야기를 할 수는 없을 것 같다. 내가 예술을 사랑하고 그림에 빠지게 된 이유도 그 작품을 만든 사람을 알아가는 재미 때문인데, AI를 보면 아직까지는 그것이 불가능하기 때문이다. 매력적인 작품을 만든 사람이 어떤 생각을 하고 어떻게 삶을 사는지, 같이 늙어가는 입장에서 지켜보는 것이 생각보다 일상에 큰 빛이 된다. 어떤 작가를 직접 만날 일은 없어도 동시대 사람으로 살았다는 사실만으로 알 수 없는 묘한 힘을 받기 때문이다. 대한민국 사람들에게 깊은 자부심으로 남아 있는 김연아 선수만 해도 그렇다. 그를 생각하면 마음속에 묘한 벅참이 올라오지 않는가. 내가 그 사람과 동시대 사람으로 살았다니! 그 생각만으로도 나도 왠지 잘 살고 싶어진다.

사람의 존재는 생각보다 큰 영향을 미친다. 한 사람을 만난다는 것은 우주를 얻는 것과 같다고 말한 글귀처럼 우리는 얽히고설키며 살아가야 힘을 받는 것이다. 세상이 점점 살기 팍팍해져 사람의 귀함이 가벼이 여겨질 때도 있지만 여전히 사람은 귀하다. 그리고 사람과 사람이 하는 일도 귀하다.

기술이 사람을 대체할 수 있는 세상 속에서도 사람과
부대끼며 성장하기를 바랄 뿐이다.

협업의 즐거움과 괴로움
서해문집 이현정 편집자 인터뷰

　　프리랜서 작가에게 협업은 숙명이다. 물론
직장인의 일도 크고 작은 협업의 연속이다. 그러나
건물을 공유하며 한 공간에서 마주치는 사람들과
협업을 하거나 타업체와의 협업이라도 팀원과
함께하는 경우가 많기에, 사전 정보 없이 단독으로
업체와 일을 해야 하는 프리랜서와는 압박감의
무게가 조금 다를 것이다. 두 가지의 경우를 모두
겪어본 사람으로서, 팀원들과 함께 외주작업자와
소통하는 것과 반대로 내가 외주작업자로서 기업의
담당자와 소통하는 것은 그 무게감이 달랐다.
　　경력이 아무리 오래되어도 어떤 방식으로
일하는지 모르는 담당자와 일을 시작하는 것은
늘 부담스럽다. 특히나 창작물을 주고받는 성격의
일은 소통의 방식에 따라 잘 풀릴 수도 있고 쉬운

길을 두고 더 힘든 길을 가게 되는 수도 있는데, 정말 슬프게도 이 모든 것은 담당자에게 달려 있다. 게다가 기업에서 기획하는 이벤트나 출판사의 출간 일정은 보통 넉넉하지 않은 편이라, 짧은 기간 안에 담당자와 소통하며 창작을 해야 하는 상황은 그 자체로 두 배의 스트레스를 안고 시작하는 것이나 다름없다.

그래도 그간 다종다양한 작업을 진행해보며 일종의 소통 루틴이 갖춰진 덕분에, 아주 힘든 사람을 제외하고는 무난하고 빠르게 일을 처리하는 노하우가 생겼다. 내 경험으로 보건대, 창작물 외주는 소통 담당자의 역량이 매우 중요하다. 그간 함께 작업한 담당자분들 가운데 어려운 일도 수월하게 만드는 출판사 서해문집의 편집자 이현정 님과 인터뷰를 진행해보았다. 인터뷰를 마치며, 협업 시에 서로가 힘들지 않은 소통 문화가 생겼으면 하는 작은 바람이 생겼다. 작가와 담당자가 수월하게 일을 진행할 수 있는 기본 체계가 있으면 좋겠지만 아직은 개개인의 역량에 의지해야 하는 수준이다. 이번 인터뷰를 계기로 좋은 피드백에 대해 고민하는 담당자분들이 더 많이 알려졌으면 좋겠다.

안녕하세요. 현정 님! 자기소개 부탁드립니다.

→ 안녕하세요. 저는 출판사 서해문집에서 청소년 분야를 담당하고 있는 편집자 이현정입니다.

먼저 현정 님이 이 일을 하게 되기까지의 과정을 듣고 싶습니다.

→ 예전에는 아주 막연하게 표지 디자인을 공부하고 싶다고 생각했었어요. 그러다 대학원을 졸업하고 무엇을 할 수 있을까 고민하다가 SBI(서울출판예비학교)에서 몇 개월 정도 수업을 듣고 나서 출판사에 취업을 하게 되었습니다. 단행본을 만드는 곳인 줄 알았는데, 갑자기 교과서를 만든다고 하는 거예요. 쉽지 않았지만 그 일을 하다가 나중에 이직해서 서해문집에서 일하게 되었습니다. 1년 정도는 성인 단행본을 편집했는데, 이후 회사에서 청소년 도서를 많이 출간하기 시작했고 저도 그렇게 청소년 분야로 넘어 온 지 2년 정도 되었습니다. 내지와 표지 일러스트가 필요한 책을 주로 만들고 있습니다.

시각 작업자와 협업할 때 본인만의 노하우가 있나요?

→ 만드는 책의 성격 때문에 짧은 기간 안에 많은

시각 작업자들과 소통할 기회가 있었는데요. 처음에는 단기간 내에 본문에 들어갈 많은 양의 삽화와 표지 그림까지 방향을 정하고 결정하는 과정이 되게 고통스러웠어요. 일이 잘 진행되는 것 같다가도 갑자기 창작자와 소통 과정에서 어그러지는 경우가 있는가 하면, 디자이너와 제가 보았을 때는 좋았던 결과물이 최종 컨펌 단계에서 좋은 피드백을 받지 못한 경우도 있었습니다. 고민을 하다가 피드백 과정에서 고통을 줄여보자는 생각이 들었습니다.

제가 피드백 의견을 제시한 메일들을 다시 살펴보았는데요. 유사한 패턴이 보이더라고요. 우선 메일 앞에서는 언제나 제가 가장 좋았던 부분을 먼저 말합니다. 그게 작업자에 대한 존중의 의미기도 하고, 편집자가 상상했던 것보다 더 효과적으로 이미지를 구현해준 삽화가분들을 향한 경탄이기도 합니다. 그 과정에서 삽화가분들도 작업 방향을 설정하는 데 더 수월해 하시는 것 같더라고요. 그리고 수정 요청을 할 때는 꼭 근거를 말하고 전달하는 편입니다. 원하는 방향에 맞는 문제 해결 방안도 함께 제시하고요. 가장 신경 쓰는 부분은 수정 횟수를 줄이는 것이에요. 첫 번째 시안이 입수되면 내부 관계자들에게 무조건 공유해서 작업 방향을 확인합니다. 중간에 다른 의견이 나와서 일이 틀어지지 않게 하기 위해서요. 그때의 피드백은 제 선에서 정리하는 편이고요. 인상 평가가 주된 경우가 많기도 하고, 그 내용을 다 전달하다가는 삽화가분들도 힘들고 저도 힘드니까요.

시각 작업자와 일하면서 느낀 점이 있다면 무엇일까요? 다른 작업자와의 작업과 다른 점이 있다면 무엇일지 궁금합니다.

→ 다른 작업자와 다른 점은 글로 설명하다가 막히면 이미지를 동원해서 설명(피드백)이 가능하다는 것입니다. 그리고 기분을 많이 살피는 편입니다. 아무래도 내부 디자이너와 의견을 나눌 때보다 더 조심스러워지는 것 같습니다. 제 경우엔 채색 관련 피드백을 할 때 가장 어려웠어요. 디테일의 정도를 정하기가 쉽지 않아서요. 라인 작업을 결정하고 진행했는데 후에 채색 스타일이 생각과 다르게 나와서 당황한 적이 몇 번 있습니다. 그래서 처음 시안에서부터 채색 샘플까지 잡고 진행하면 작업이 더 수월해지는 것 같아요.

피드백에 대한 고민을 한 적이 있었나요?

→ 의견을 받는 사람의 마음을 고려해서 피드백을
전달하려고 신경 썼습니다. 작은 말투 하나에도
기분을 상하게 할 수 있으니까요. 앞서 말한 것처럼,
모든 수정 요청에는 근거를 덧붙였고요. 그 근거를
작가의 이전 작업물에서 찾는 편이 설명이 더
수월했습니다. 가장 중요하게 여기는 점은 부정적인
피드백을 제외하고 전달하는 것입니다.

그리고 이미지에 대한 감각을 익히기 위해
전시를 챙겨 보는 편입니다. 회사 내에서는
디자이너님과 상의를 많이 하고 배우고요. 진행 중에
막히거나 힘든 일이 있으면 상사에게 샘플 메일을
요청해 공부한 후에 보내기도 합니다. 누구보다
편집자가 갈피를 잘 잡아야 한다고 생각해요.
정확한 기준 없이 일을 하면 수정 요청을 너무
많이 하게 되고, 그러다 보면 외부 작가와 편집자
모두 힘들어지거든요. 일을 끝까지 잘 마치겠다는
긍정적인 생각도 중요하고요.

기억에 남는 외주작업이 있는지요.

→ 이로우 작가님께서 그림 시안을 잡을 때 책
표지에 얹은 후의 모습까지 고민하고 작업해주셔서
정말 놀랐고 감동했습니다. 전유니 작가님께서도
콘셉트 설정을 잘해주셨고요. 이런 분들의 공통점은
시간 약속이 정확하고, 시안을 매우 구체적인
설명과 함께 전달해주신다는 점 같습니다. 활자
그대로 옮기는 이미지보다 작가만의 재해석이
들어간 작업물을 개인적으로 선호하는 편이에요.
서해문집에서 일하며 협업한 많은 작가분들이 좋은
작업을 해주셔서 감사함을 느끼고 있습니다.

창작자와 편집자 사이 소통 시 중요한 부분은 무엇일까요?

→ 적극적으로 소통하려는 의지가 중요한 것
같습니다. 작가님들께서 먼저 의견을 주시는 것도
좋았습니다. 변수를 줄이는 방향으로 계획을 하는
편이지만 나은 방향을 제안해주시면 예상하지
못한 좋은 작업물이 나오기도 하니까요. 적합한
이미지를 위해 방향을 맞춰 나가려면 대화가
중요하다고 생각합니다. 작업 단가와 관련해서도
채색 방향이라든가 작업 디테일에 맞춘 단가를 먼저

제안해주시면 최대한 맞추려고 노력하는 편이에요.

**제게 작업을 의뢰하실 때는 의뢰서를 사용하셨죠. 의뢰서를
통해 의뢰를 해보신 경험에 대해 말씀해주세요.**

→ 우선 의뢰서가 있으면 좋은 점은, 작가가 원하는
조건을 미리 알 수 있다는 것입니다. 항목이
정리되어 있어서 접근성이 좋기도 하고 기본적인
신뢰도도 올라갑니다. 편집자 입장에서는 외주를
맡기는 작가에 대해 잘 알지 못하니 불안한
지점이 많아요. 그런 부분을 해소하고 신뢰를 주는
방식이라 좋았습니다. 아무래도 이쪽 분야의 일은
불안과 변수를 낮추는 것이 관건인 것 같아요. 그런
의미에서 의뢰서가 있는 게 서로에게 신뢰의 고리를
만드는 데 중요한 역할을 하는 것 같습니다.

현정 님의 앞으로의 계획에 대해 듣고 싶습니다.

→ 일단은 편집을 계속하려 합니다. 협업이 제
성향과 잘 맞는 것 같습니다. 사람과 사람을
이어주고 일이 되도록 진행하는 모든 과정이
좋아서 나중에는 책이 아닌 다른 형태의 콘텐츠를
만들어보고 싶은 생각도 있습니다.

SIDE B

작가로 살아가기

자기만의 방을
만드는 여정

　지금의 작업실을 얻기까지 내 인생은 저항 그
자체였다. 어릴 때부터 그림을 그렸던 나는 동생보다
짐이 많았고 늘 더 큰 방을 원했다. 하지만 일반적인
서울 아파트의 구조로는 침대와 책상만 놓아도 더
이상의 다른 방향을 모색할 수가 없었다. 온전히 내
시간에 집중할 수 있는 공간을 갖기 위해 작은방에
딸린 베란다에 책상을 놓고 여름에는 더위와 사투를
벌이고 겨울에는 추위에 떨어야 했다. 더 나은
방법을 찾아가며 중간 방과 작은방을 번갈아 쓰던
동생과 나는 그렇게 20대가 되었다.

　20대 초반까지는 괜찮았다. 학원이며 대학교며
밖에 나가는 일이 많았고 방에서 머무는 시간이
별로 없었기 때문에, 내 방에 대한 집착이 좀 덜했다.
그런데 20대 중반부터는 달라졌다. 학교도 졸업하고

회사도 관두고 나서 이제는 정말 내 작업으로 돈을
벌 기회를 만들어야 한다고 직감하던 시기였다.
그렇게 백수 상태로 지내던 중에 동네에서 공유
작업실을 쓰고 있던 그래픽디자이너 선배의 제안을
받아, 같은 공유 작업실로 출근을 하게 되었다.
그때만 해도 공유 작업실이 차츰 생기던 때라 월
10만 원으로 저렴하게 이용할 수 있었다. 사람들과의
불필요한 관계를 지양하는 내게 하나의 공간을
공유한다는 점이 썩 구미가 당기진 않았지만,
출퇴근에 시간이 걸리지 않는 거리기도 하고 작업을
환기하는 데도 도움이 될 것 같아 공유 작업실에서
작업을 하기 시작했다. 집에서 우울하게 지낼 수도
있었던 3년을 사람들과 관계를 맺고 여러 가지 일을
하며 성장하는 시기로 보냈다.

그렇지만 사람들과 소통한다고 해서 작업이 더
잘되는 건 아니었고, 내게는 온전히 방해받지 않고
그림에 집중할 공간이 필요했다. 공유 작업실에서
지내다 보니 그걸 더 절실하게 느꼈다. 그 즈음 같은
공간을 쓰던 친구와도 소원해졌고 그렇게 공유
작업실에서의 3년의 시간을 정리하고 야반도주하듯

짐을 싸서 집으로 옮겨왔다. 그 당시 정기적인
외주작업을 하나 맡고 있었는데, 마침 그 일을 맡긴
회사가 투자를 받으면서 얼떨결에 잠시 정규직으로
채용되었다. 그러나 내가 작업실 삼을 수 있는 넓은
공간은 집 거실뿐이었고, 매일 오전 컴퓨터 책상으로
출근하는 나와 아침을 먹고 회사를 가야 하는 가족들
사이에 마찰이 생기기 시작했다. 설상가상으로
오전에 화상회의라도 해야 하면 나의 예민함은
극으로 치달았다. 오전에 일어나서 일을 하기 위해
거실의 책상으로 가는 게 너무나 멀게만 느껴졌다.

　그러다 2020년, 큰일이 터지고야 말았다.
동생은 논문을 써야 하는 대학원생, 아빠는 은퇴자,
엄마는 주부, 나는 재택근무자. 이렇게 성인 네 명이
서울 어딘가의 콘크리트 건물 한 공간에서 24시간
내내 함께하는 생활이 지속되었다. 결국 답답함을
이기지 못하고 서로 싸우기 시작했고, 그중 성격이
똑같은 나와 아빠가 가장 심각하게 싸우는 바람에
나는 결국 집을 나와 자취방을 알아보기 시작했다.
엄마는 갑작스러운 나의 독립을 받아들이지 못해
우울증에 걸렸고, 동생은 논문을 쓰느라 바빠서
상황을 신경 쓸 여력이 없었다. 그렇게 나는 또 한 번

야반도주하듯 금천구의 모 오피스텔에서 자취인지 작업실 생활인지 알 수 없는 생활을 시작했다. 이번에는 전입신고도 해야 했기에 등기에서도 가족과 분리되었다. 어쩌다 보니 생애 첫 1인 가구가 된 것이다.

가족과 분리된 생활은 꽤 즐거웠다. 급하게 찾았지만 꽤 좋은 전망의 오피스텔을 구했고, 일 잘하는 부동산 중개인과 친절한 집주인을 만났다. 지옥의 한가운데서도 살 만한 이유들이 계속 생겼다. 마침 이케아와 가까워 집을 꾸미는 데 즐거움을 느꼈고 그것에 집중하느라 이전의 갈등 상황들을 거의 다 잊을 수 있었다. 친구들을 초대해 맛있는 것을 먹고 엄마와 동생을 불러 편하게 지내면서 마음과 몸이 조금씩 나아졌다. 어디에선가 "엄마가 없는 건 싫지만 엄마랑 같이 사는 것도 싫다"는 문장을 본 적이 있는데, 가족은 조금 떨어져 지내야 애틋해진다는 만고의 진리를 몸소 느끼는 계기가 되었다.

1년여 정도 자취 생활을 하는 동안 가정 내에 평화가 찾아왔고, 2년 차로 접어들면서 금천구의

오피스텔은 자취 공간에서 작업실로 용도가
변경되었다. 그렇게 본가와 작업실을 왔다 갔다
하며 일을 했다. 점점 본가에서 지내는 시간이
길어지자, 작업실이 있는 금천구까지의 거리가
꽤나 멀게 느껴졌다. 일주일에 한두 번 정도 가서
자는 상황인데, 거주 공간이라 사업자 등록을 할 수
없어 월세를 세금 처리도 하지 못한 상태로 2년을
보내자니 슬슬 아까운 생각이 들었다.

사업자를 등록할 수 있는 사무실을 구해야겠다
싶어, 계약 연장을 하지 않고 상가를 알아보며
적절한 곳을 찾기 시작했다. 계약 기간 한 달을
남기고 운 좋게 본가와 적당한 거리에 있는 사무실
공간 한곳을 찾았다. 건물주가 젊은 연령대 사람들을
건물에 입주시키고 싶었던 건지 원룸 매물 위주로
거래되는 '피터팬'(피터팬의 좋은 방 구하기)에 사무실
매물을 올려두었고, 덕분에 이리저리 여러 부동산
앱을 둘러보던 내가 그 매물을 발견해 바로 계약까지
어렵지 않게 진행됐다. 마침 건물주가 같은 건물에서
부동산을 하고 있었던지라 복비 혜택도 받을 수
있었다. 이전 세입자가 창고로 쓰던 공간을 직접

고쳐가며 써야 한다는 문제가 있었지만, 좋은 입지와 저렴한 월세, 복비 없음은 나에게 정말 최고의 장점이었다.

그렇게 빠르게 계약을 하고 보증금을 전달하고서는 셀프 리모델링을 시작했다. 동네 친구들의 도움으로 페인트를 칠하고, 동생 찬스를 이용하여 금천구에서 대방동으로 작업실 짐을 옮겼다. 어떻게 지냈는지 기억할 수 없을 정도로 외주와 이사를 동시에 진행하느라 정신없는 연말을 보냈고, 그렇게 2023년이 다가오면서 두 번째 작업실 생활이 시작되었다.

5평에서 7평으로 넓어진 평수에 맞춰 짐도 금방 늘어났고, 지금까지 잘 적응하며 작업실을 사용하고 있다. 작업실 창밖의 나무 위에 눈이 쌓이던 때를 지나 꽃이 피고 연녹색 잎이 무성한 계절을 지나는 중이다. 어두우면 어두운 대로 좋고 화창한 날에는 작은 창문 쪽으로 해가 들어 좋은 곳이 되었다. 이따금 밖에서 초등학생들의 웃음소리가 들리고, 옆 사무실의 어린이 미술학원에서 아이들이 이야기 나누는 소리를 들으며 즐거운 작업실 생활을 이어가고 있다.

인간관계를 제외하고 나와 물리적 관계를 맺는
첫 번째 존재가 공간이라고 생각하면, 공간은
인간에게 정말 중요한 요소이다. 어떤 공간인가에
따라 사람의 의지가 완전히 바뀌어버리기도 한다.
나 같은 경우엔 작업실과 집이라는 공간을 확실히
분리시켜서 작업실에서는 모든 관심과 의욕을
쏟아붓고 본가의 부모님 집에서는 잠만 자는데,
집에서는 모든 의욕이 0에 수렴한 채로 살다가
작업실만 가면 의욕이 생기는 것이 늘 신기하다.
간단히 신체를 이동시키는 것만으로도 다른 의지의
인간이 될 수 있다니, 인간은 참 복잡하면서도
단순한 존재 같기도 하다.

　　다른 사람의 간섭 없이 내가 원하는 대로
움직이고 원하는 대로 물건을 넣어 꾸릴 수 있는
한 줌의 공간이라도 마련되면 인간은 그곳에 정을
붙이려고 노력한다. 인간에게는 생각을 꾸릴 수 있는
책상과 꿈을 담을 수 있는 공간이 있어야 한다. 그 한
줌의 공간을 찾는 모든 이들을 응원하고 싶다.

나에게 작업실을 달라!

프리랜서의
돈벌이

    돈은 중요하다. 이따금 돈과 상관없이 자급자족의 삶을 살고 싶다고 생각하지만, 인간 세상은 촘촘하기가 이루 말할 수 없기에 특히 도시에서 사는 사람이라면 타인의 노동을 필요로 하는 순간이 꼭 온다. 고로 나도 타인에게 필요한 노동을 제공하기도 한다.

    그런데 이상하게 창작은 노동으로 잘 치부되지 않는다. 창작을 해본 사람이라면 그 활동이 머리와 몸, 둘 다 힘든 중노동에 속한다는 생각을 할 수밖에 없는데도 말이다. 무언가를 만드는 일이 사회에 분명한 의의를 보여주지 못한다는 이유로 존재가 쉽게 지워지는 시장 분위기 속에서 창작으로 돈을 벌기란 쉽지 않다. 경기가 나빠지면 사람들은 꾸미는 것을 멈추고, 문화 예술에 사용하던 돈을 줄이거나 아예 없앤다. 기업은 디자인 부서를 제일 먼저 감축하고 진행하던 문화 예술 지원 사업을 멈춘다.

예술이 먹고사는 일 다음인 사람들에게는 가장 먼저 쳐낼 목록일지 몰라도, 예술이 먹고사는 일의 최전선인 사람들에게는 아주 큰 타격이 아닐 수 없다. 예술업 종사자야말로 운이 좋아 관심을 받게 되면 더 부지런히 활동해야 하는 이유이다. 지원과 관심이 언제 어떻게 끊길지 모른다.

가정 내에서 돈과 관련된 스트레스를 자주 받았던 20대 초반에는 대학교를 중퇴하고서 아르바이트를 시작했다. 더럽고 치사해서 돈을 벌려고 노력했다. 하지만 집에서 돈을 받는 것보다 밖에서 일을 하며 받는 돈이 더 더럽고 치사하다는 것을 깨닫고, 돈은 원래 더럽고 치사한 것인가 다시 생각해보게 되었다. 몇 번의 아르바이트와 입사 후 짧은 회사생활과 몇 년의 스타트업 경험을 얻고 나자, 내가 잘할 수 있는 돈벌이에 대해 고민하기 시작했다.

성격이 불같고 불의와 불합리를 눈감지 못하는 편이라, 비열하다 싶으면 그 사람이 대표이든 상사이든 상관없이 들이받아 분란을 일으켰고, 그들과 일하기 싫다는 것을 극단적으로 드러내는

흡사 사회 부적응자 같은 모습을 보였다. 어린
나이에 에너지가 넘쳐서 그랬을 수도 있지만,
존경심이 들지 않는 사람을 도무지 내 위에 두고
싶지 않았다. 이런 내 성격에 그나마 외주 일로 돈을
버는 게 제일 나은 방법인가 싶었지만, 한 줌의
외주비로는 내 생활비를 감당할 수 없다고 느꼈기에
외주 일을 제외한 모든 가능성을 생각해보다가, 결국
다수의 아르바이트 경험과 두 번의 회사생활을 거쳐
다시 프리랜서가 되었다.

돈은 내게 늘 중요한 이슈였다. 돈벌이가 적으면
쓰는 것을 줄였고 쓰는 게 늘어나면 돈을 더 벌
궁리를 했다. 그나마 다행인 것은 미술 재료와 그
재료를 담을 가방 따위에만 관심이 많았고, 명품
가방이나 브랜드 옷, 성형에는 관심이 없어 큰돈을
쓸 일은 없었다. 작고 소중한 돈이 들어오면 그걸
주거래 통장에 넣고, 다시 쪼개서 주택청약과 적금,
정기예금 등을 위해 모았다. 일단 한번 저금한 돈은
건드리지 않게 되었는데, 이 습관은 프리랜서로
지내는 동안 큰 도움이 되었다. 물론 나도
사람인지라 가끔 고삐가 풀려 소비가 늘어나는 때도

있었지만, 그것을 미연에 방지하기 위해 통장을 여러 개를 만들어두어 최후의 돈은 건드리지 않도록 했다.

돈을 모으는 건 의외로 쉽다. 만 원을 열 번 쓰면 십만 원이 되듯 만 원을 열 번 모으면 십만 원이 되고, 십만 원을 열 번 모으면 백만 원, 다시 열 번이면 천만 원이 된다. 이런 식으로 여러 개의 정기예금을 들어 흔히 말하는 풍차 돌리기로 잊어버릴 때 즈음 이자를 받고서는 스트레스를 풀기도 했다.

나도 한때 주식 열풍이 신기하고 궁금해서 그 근처를 배회한 적도 있었지만, 손해도 이득도 없는 결과를 받아들고서는 그 시간에 내가 잘하는 일에 더 투자해서 근본적인 돈벌이를 하는 게 나을 것 같다는 생각이 들었다. 짧은 시간에 일확천금하여 졸부처럼 돈으로 사람을 부리며 사는 것이 꿈이 아니기도 하고, 하루하루 잘 살아내는 것이 중요한지라 돈을 벌고 그것을 모으는 쪽이 내게는 더 맞았다. 방법 자체는 간단하다. 수입이 적으면 소비를 줄이고 수입이 늘어나면 저금을 한다. 하지만 이 철칙도 사업자를 내면서 곧 무너지기 시작했다. 돈을 벌 다른 궁리를 해야 했다. 나의 재능이 돈이 될 수 있는 방법을 찾는 본격적인 여정이 시작된 것이다.

재능을
돈으로
바꾸기까지

사업자를 내니 소비가 확 늘었다. 정확하게는
처음으로 부가세를 냈을 때부터였다. 매입이 적으니
번 것에 비해 세금을 너무 많이 내게 되었고,
이후엔 매입을 잡기 위해 애를 썼다. 그러다 보니
자연스럽게 투자 명목으로 소비가 늘었다. 소비가
늘 때는 어떻게 한다? 줄일 수 있는 소비를 줄이고,
수입을 늘려야 한다. 그렇게 낮이고 밤이고 걷거나
누워 있을 때나 수입을 늘릴 수 있는 방법을
궁리해보았다.

외주 수입을 늘리거나 굿즈 판매를 해서 수입을
늘려야 했는데, 굿즈 판매의 경우 사업자를 내고도
2년 동안은 갈피를 잡지 못했다. 판매 수량을
예측하지 못해 아주 적은 수량만 판매하거나
그것마저 힘들어서 중간에 포기하거나, 막상 자신

있게 올려도 팔리지 않는 경우도 있었다. 외주를
받기 위해 들이는 노력과 상품을 만들어 파는 행위에
들어가는 노력이 비슷해서 동시에 집중하는 것도
쉽지 않았다. 사실 이 고민은 지금도 여전해서 내가
새로운 덫에 걸려버린 것은 아닐까 싶은 생각도
든다.

　운 좋게 어릴 때부터 재능이 있음을 알고
있었지만, 재능이 돈이 될 수 있도록 하는 데까지는
시간이 오래 걸렸다. 나 혼자 좋아하는 이미지를
만드는 즐거움에만 심취했지, 타인의 관심을
이끌어내고 그 관심이 재화로 이어지도록 하는 데는
재주가 없었다. 결정적으로 내가 좋아하는 지점과
다른 사람들이 좋아하는 지점이 많이 달랐지만, 그
이유를 몰랐다. 한편으로는 남들이 좋아해주는 것만
따르고 싶지도 않았다. 나도 좋고 다른 사람들도
즐거운 이미지가 있을 것이라 믿었고, 그것을
만들어내고 싶었다.
　재능은 낚싯줄이고 그 줄 끝에 걸려 있는 게
나의 작업물이라고 생각하며 자주 그 낚싯줄을
던졌다. 자주 던져서 사람들의 눈에 띄게 하고 그

반응을 모았다. 그 과정에서 내 작업물이 호감을 살 수 있는 지점을 찾았다. 10년을 그렇게 허탈한 낚시꾼의 모습으로 허공에 낚싯줄을 던졌다. SNS를 통한 사람들의 반응은 100퍼센트 정답은 아니어도 참고하기에는 정말 좋다. 시간을 많이 들여 요소에 신경 쓴 작업물보다 5분 만에 그린 작업물의 반응이 더 좋을 때도 있고, 내 눈에는 맘에 들지 않는 작업물도 사람들은 좋게 볼 때가 많았다.

결국 균형을 맞추는 일이었다. 나의 예측과 사람들의 반응을 모아 그 교집합에 들어갈 만한 작업을 하는 것. 그러나 이 교집합이 안정적이기도 하지만, 역설적으로 위험하기도 하다. 안정만 추구하면 발전이 없게 마련이라, 타인의 반응을 이끌어내는 작업물과 개인이 발전할 수 있는 도전적인 작업을 병행해야 돈도 벌고 '나'도 놓지 않을 수 있다고 생각했다.

사실 아직도 대중의 반응이 좋은 작업물이 무엇인지, 내가 그것을 해낼 수 있는지 확신이 없다. 세상은 빠르게 변하고, 좁은 대한민국 땅에서 한국인들은 빠르게 배우고 빠르게 베끼며 빠르게

질려 하기 때문이다. 출판계의 분위기를 예로
들면, 표지에 특정 스타일의 그림이 그려진 책이
베스트셀러가 되면, 그 표지화 작가의 화풍이 한동안
출판계를 뒤덮는다. 약간 서툰 펜 선으로 그려진
그림이 유행할 때도 있고, 틈 없이 꽉 찬 라인과 풀
컬러 그림이 유행할 때도 있다. 그러나 이런 흐름
속에서도 자신만의 스타일을 고집하고 유지하려는
출판사가 있게 마련이고, 자신이 유행하는 흐름에
섞일 수 없을 것 같다면 이런 출판사에 어필을
해보는 것도 방법이다. 내 작업을 좋아해줄 담당자를
찾는 것이 가장 중요하기에, 그들에게 닿기 위해
노력해야 한다.

세상의 흐름이 빠르게 바뀌고 그 흐름을
뒤쫓기만 하다가는 나에게 기회가 오지 않을 것
같겠지만, 지구가 원형이듯 세상의 흐름도 시계처럼
원형으로 흐른다(고 믿고 싶다). 유행이 돌고 돌듯이
말이다. 고장 난 시계도 하루 두 번은 맞듯이 내
인생에도 최소 두어 번의 기회는 올 테니, 그 기회가
당도할 때 잡을 수 있는 안목과 능력을 길러둬야
한다. 업계의 유행을 확인하되, 그 가지가 나에게도
뻗을 수 있도록 길을 잘 만들어놓아야 한다. 일단은

기본을 충실하게 익히고, 이후에 세상의 흐름과 나의 취향이 맞아떨어질 시기를 기다려보자.

그리지 않고도
그릴 수 있는
사람이 되었다

초등학생 때 신림동 외할머니 댁에 가는 날이면 엄마가 자주 말하곤 했다.

"무엇이든 유심히 봐야 해. 길 위에서는 무슨 일이 일어날지 모르니까. 아무 생각 없이 걷지 말란 말이야. 내가 탄 버스가 몇 번인지, 경로가 어떻게 되는지 봐둬야 나중에 커서도 혼자 다닐 수 있어."

당시 나는 늘 머릿속으로 무엇을 그릴지 궁리하느라 멍해 보이는 경우가 많았고, 실제로 그림 외에는 아예 신경을 차단해서 가족들과 걷다가 혼자 외딴길로 빠지기 일쑤였다. 유난히 예민하고 감이 빠른 사람이었던 엄마는 함께 걸으며 스쳐 지나간 사람에 관해 말하기도 했는데, 같이 보고 있지 않아서 거기에 호응하지 못하면 자주 잔소리를 듣곤 했다.

"멍 때리면서 걷지 좀 마."

그렇게 20년이 흐르니 장면과 상황, 특정한
부분을 기억하는 습관이 생겼다. 물론 시간이 지날
때까지 오래 담아두지는 못하지만, 그날 오전에
어떤 사람의 옷차림을 유심히 보았다면 적어도
잠들기 전까지는 잊지 않았다. 주특기 같은 이
습관이 위기상황에서 나를 구할 때도 있었다. 20대
초반, 친구와 유럽여행을 떠났다. 여정 중 스페인
세비야에 묵었을 때, 저녁에 플라멩코 공연을 보러
갔다. 어둠이 앉은 세비야 구시가지의 공연장까지
생각 없이 가이드만 따라갔다가 난감한 일이 생겼다.
공연이 끝났는데 가이드가 사라지고 없던 것이다.
친구와 나 모두 로밍도 해가지 않은 상황이었던
데다 유심칩도 따로 없어서, 와이파이가 잡힐 때만
휴대폰 지도앱을 보았더니 방향을 제대로 잡을 수도
없었다. 어쩔 수 없이 이전에 가이드를 따라가면서
유심히 봐뒀던 골목의 이미지를 복기하며 더듬더듬
걸어갔는데, 제법 숙소 가까이까지 찾아갈 수 있었다.

그림을 그리기 위해서는 지형지물이나 사람을

유심히 봐야 한다. 그냥 보는 것과 본 형태를 다시 만들어내기 위해 유심히 보는 것은 완전히 다르다. 후자가 잔상이 더 오래 남는다. 이 훈련은 따로 그림을 그리지 않아도 할 수 있다. 그림을 그린다고 가정하고 눈앞에 보이는 것을 찬찬히 보면 되니까. 형태를 따라가며 보면 더 정확하게 볼 수 있고 기억할 수 있다.

시간이 오래 걸리는 행위이기에, 누군가를 기다려야 하거나 시간을 죽여야 할 일이 있을 때 해보면 유용하다. 카페에 앉아서 내가 앉은 위치의 테이블, 의자 맞은편에 앉아 있는 사람들의 자세, 입고 있는 옷의 브랜드나 모양, 색감 등을 아주 천천히 눈으로 그리듯 보고 있으면 시간이 금방 간다. 이전에 미처 보지 못했던 것들을 볼 수 있다. 제일 좋은 건 길거리에서 수상한 사람을 더 잘 알아볼 수 있고, 또 그를 기억해내서 피할 수 있다는 점이다.

사실 엄마가 멍 때리며 걷지 말라고 당부한 건 그 이유에서였다. 길에서 수상한 사람을 피하기 위해 사람이나 상황을 유심히 보고 관찰할 것. 어떤 사람의 행동이 좀 달라 보인다 싶으면 나는 냅다 그

사람의 신발부터 유심히 보고 기억한다. 길거리에서
한 번 마주친 사람을 두 번 이상 마주칠 확률이
생각보다 높기 때문에, 이런 방식으로 위험할 뻔했던
상황을 여러 번 피하기도 했다. (서울 시내 길거리에는
이상한 사람들이 꽤 많다…)

여담인데 이런 습관이 고등학생 때도 제대로
잡혀 있었다면 암기 하나는 걱정 안 했을 수도
있겠다 싶지만 현실은 그렇지 않기에… 기억의
기술은 그림 그릴 때만 쓰기로!

그리지 않아도,
그리듯 볼수 있는 법!

**재능이라는
도구**

그림을 그리고 있으면 그런 나를 지켜보는
사람들이 하는 말이 늘 같다.

"나는 재능이 없어서 그림 그리는 게 무서워."

재능은 무엇일까. 믿을 수 없겠지만 나는 살면서
내 재능을 의심해본 적이 없다. 슬럼프가 왔을 때
딱히 탓할 곳이 없어 재능에 대해 고민하긴 했어도,
그 유무를 의심하지는 않았다. 거의 100퍼센트의
확신으로 내게 재능이 있다고 생각했다. 이제 와서
보니 재능이라기보다는 광기의 짝사랑이었지만.

미술영재교육을 받고 대학에서 미술을 전공하는
동안 재능 있는 친구들을 많이 만났다. 가장
노력해야 했던 부분은 내 재능의 유무를 따지는
것이 아니라, 타인의 재능을 보고도 무너지지
않을 정신력을 키우는 것이었다. 미술에 재능 있는

친구들을 만나는 것은 두려운 일이면서 가장 즐거운 일이었다. 좋은 것을 보면 잠들었던 뇌세포 중의 일부가 깨어나는 느낌을 받기 때문이다.

그 친구들을 보면서 재능이 무엇인지 생각해보았다. 재능은 그냥 감각의 일부이다. 그 감각의 일부가 이뤄내는 성과가 너무 멋지다 보니 그것을 특정하는 단어가 생기고, 신격화하게 된 것이 아닐까. 나의 경우엔 평소 촉각, 미각, 후각, 청각, 시각 등의 거의 모든 감각이 상시 깨어 있는 듯한 느낌을 받는데, 이렇듯 다방면으로 예민한 감각 덕분에 남들보다 더 빨리 그리고 수월하게 상황을 받아들인다. 게임으로 치자면 일종의 '치트키' 같은 거다. 같은 시간을 들여도 좀 더 그럴듯한 결과물이 나오니까. 이때 그럴듯한 결과물에 만족하지 않고 끊임없이 훈련하고 단련해서 진짜 좋은 작업물을 내놓으려는 의지도 간과할 수 없다. 좋은 추억을 만들기 위해서는 조명, 온도, 습도가 맞아야 하듯이 재능도 운과 의지, 감각 3박자가 맞으면 폭발적인 성장을 한다.

재능은 이를테면 '칼'과도 같다. 거의 대부분의

사람들이 날 때부터 각자의 칼을 쥐고 태어났을
것이다. 다만 처음에는 그게 '칼'인지 몰랐을 뿐이다.
아마 칼이라고 부르기에는 애매한 뭉툭하고 못생긴
철 뭉텅이였을 거다. 사람들 중 일부는 우연히 그
뭉텅이의 존재를 알게 되어 반짝이고 날카로운 칼이
되도록 다듬고 또 다듬지만, 어떤 이들은 뭉텅이의
생김새를 탓하며 그대로 두고 살 것이다.

어느 다큐에서 장인이 낫과 호미를 만드는 것을
보았다. 뭉툭하고 거무칙칙한 철을 뜨겁게 달궈
끝없이 두드려 모양을 만들고, 그것을 깎고 닦으며
제법 쓸 만한 도구로 내놓는다. 인생도 마찬가지로
훈련의 연속이다. 어릴 때를 떠올려보면 뒤집기부터
걷기까지 끝없는 반복을 한다. 밥을 먹기 위해
젓가락질을 배울 때는 또 어떤가. 가벼운 젓가락부터
보조 기구가 있는 젓가락으로 연습하는 과정을
거쳐야 쇠젓가락으로 콩자반을 집을 수 있는 순간이
온다. 유치원부터 중학교 입학 전까지 이 지난한
과정을 거치면 비로소 부모의 손길이 덜 가는 독립된
개체가 된다.

나는 운이 좋게도 걷기 훈련을 하는 시점에서

그리기 훈련도 같이 했다. 어느 정도 걸을 수 있게
되니 엄마는 내게 연필을 쥐여주었다. 조금씩 선을
긋고 한글을 써보고 숫자도 써보니 그 연필로
다른 것을 할 수 있을지 탐구하는 시기가 왔다.
그때부터였다. 내가 마음먹은 대로 자유롭게 선을
그을 수 있다고 느낀 것이. 엄마의 선을 따라잡기
위한 나의 훈련은 그렇게 시작되었다. 다양한 도형을
그리고 동물을 그리고 사람을 그렸다. 연필을
썼다가 색연필을 썼다가, 크레파스와 물감을 썼다.
그렇게 12년간의 학창시절, 그림은 나와 떨어지지
않고 긴밀하게 붙어 조용히 '칼'이 될 준비를 했다.
나는 철 뭉텅이를 가지고라도 뭐든 하고 싶었고,
그렇기에 내가 그린 그림은 가끔 보기 좋고 대체로
형편없었다. 그래도 상처받고 좌절할 여유가 없었다.
나는 그 철 뭉텅이가 크고 반짝이고 날카로운 칼이
되는 모습을 보고 싶었다. 최대한 빨리. 철 뭉텅이는
말 그래도 뭉툭하고 거칠어서 몇 번 두드린다고
모양이 바로 잡히지 않는다. 뜨거운 불길에 넣어
다듬기 좋게 만들어야 하고, 언제까지 두드려야
하는지도 모르는 채 끝없이 두드려야 한다. 나의
창작 과정도 이와 같았다. 가끔 슬럼프가 오면

한눈을 팔기도 했지만 곧 다시 돌아와서 아무 생각
없이 철을 두드리기를 반복했다.

10대 시절이 훈련의 시간이었다면, 대학생이
되었을 때쯤부터는 단련의 시간으로 바뀌었다. 손에
익을 때까지 다양한 재료를 번갈아 써보며 타인의
인정과 나의 만족이 만나는 지점을 찾아야 했다.
이미 잘하는 것이라도 만족의 확신이 들 때까지
계속했다. 잘하는 것을 지속하고 새롭게 잘할 수
있는 것을 찾았다. 이렇게 칼의 모양을 조금씩
잡아갔다. 서른 살이 넘은 시점부터는 단련이 아닌
정련의 시기다. 칼이 모양을 잡았으니 자르고 갈고
닦아 빛이 나도록 하는 것. 칼의 모양을 내는 데에만
30년이 걸렸다. 이제 나를 찾는 곳이 있으면 적당히
무딘 내 칼을 쓴다. 제법 좋은 결과가 나오기라도
하면, 아직 다 갈지 못한 칼날이 좀 더 빛나는 것
같다.

칼의 모양을 갖추고 나면, 그때부터는 그것을
어느 방향으로 휘두를지도 고민해야 한다. '악마의
재능'이라는 말을 들어본 적 있을 것이다. 매력적이긴
한데, 그 창작물이 거의 100퍼센트의 확신으로

타인을 다치게 할 수 있을 때를 일컫는 단어다. 예리하게 갈린 칼로 음식을 썰 때 손을 조심해야 하는 것처럼 예리하게 단련된 재능은 사용할 때도 심혈을 기울여야 한다. 낭중지추라는 말이 주머니 속의 날카로운 송곳을 뜻하듯이 송곳이 주머니 속에서 방향을 잘못 잡으면 누구든 다치게 되어 있다.

비하가 들어간 작업물, 특정 집단의 선입견을 강화하는 작업은 지양해야 한다. 특히 이미지 관련 작업자라면 관습적으로 과거의 이미지를 답습하지 않도록 노력해야 한다. 늘 공부하고 배워서 칼이 쓰이는 방향을 잘 맞춰야 하는데, 그 공부라고 하는 것이 세상에 대한 관심과 공부다. 다른 사람의 삶에 대한 관심을 놓지 않고 세상이 돌아가는 일을 면밀하게 관찰한다. 그 관찰이란 것이 대단한 게 아니다. 당장 나가서 길을 걸으며 할 수 있는 일이다. 세상의 큰 이슈에 관심을 갖는 것도 좋지만, 주변 이웃의 삶에 귀를 기울이기만 해도 따뜻하고 다양한 작업을 만드는 데 도움이 된다.

물론 100퍼센트 무해한 작업은 없을 것이다. 무언가를 표현하다 보면 어떤 집단을 소외시키기도 하고, 강조를 하다 보면 선입견을 만들 수도 있다. 그래도 너무 평이한 작업물로 주목을 받지 못하는 점이 신경 쓰여서 자꾸 자극적인 주제와 스타일을 찾다 보면, 작업자로서의 수명이 줄어들 수도 있다는 점을 명심해야 한다. 어쩌다 한 번, 의도치 않게 상처를 줄 수는 있어도 작정하고 누군가를 상처 주기 위해 자신의 재능을 이용하는 어리석음을 저지르지 않도록 늘 경계해야 할 거다. 누군가가 아닌 바로 나에게 당부하는 조언이다.

내 재능 여기 있나,,,

그림이 세상을
이롭게 할 수 있을까

문득 그런 생각을 한 적이 있다. 의사나 소방관,
판사, 검사, 변호사, 용접공, 환경미화원, 요양보호사,
은행원, 미용사처럼 월급을 받고 일하지만 각자의
자리에서 세상에 도움이 되는 일을 하고 있음을
충분히 느낄 수 있는 직업도 있는데, 그림 작가는
어떻게 세상에 이바지 할 수 있을까 하는 근본적인
질문이었다. 교육과정에서도 예체능 과목은 늘
별책부록 같은 느낌이랄지, 꿔다 놓은 보릿자루
같은 역할이었다. 적어도 대학에서 예체능을 전공할
예정인 나는 그렇게 느꼈다. 미술은 내 세상의
전부였지만 기초교육과정에서는 그냥 '고명' 같은
존재였고, 교육과정의 메인인 국영수에 그다지
관심이 없는 예체능 지망 학생들은 대학입시
합격률에 골칫거리고 담임들의 걱정거리였다.

내게는 미술이 언제나 메인이었다. 삶의 중심이 그림이었고 그것과 관련된 역사를 아는 것이 제일 즐겁고 행복한 일이었다. 예술과 관련된 주제로는 언제나 청산유수로 말할 수 있었다. 심지어 서툰 영어회화로도 말이다. 나에게 예술은 그 정도로 힘을 주는 존재인데, 내 그림도 그렇게 다른 누군가에게 힘을 주는 역할을 할 수 있을까?

시각매체는 힘이 세다. 중세시대에 종교 전파를 위해 가장 우선순위로 쓰인 매체가 그림이었던 점만 생각해봐도, 그림이 활자보다 강력한 힘을 가지고 있는 것은 사실이다. 그러나 시각매체를 이해하는 데에도 어느 정도의 지적 수준을 갖추고 있어야 하며, 문화적 이해가 바탕에 깔려 있어야 한다. 그만큼 내가 만들어내는 이미지가 다른 문화권에서는 전혀 다른 방향으로 해석될 수 있다는 말이기도 하고, 그래서 이미지를 만들어내는 일에 신중해야 한다는 뜻이기도 할 거다.

상업 이미지 작가로 활동하면서 느낀 점은 사람들은 대체로 자신보다 우월한 모습, 그러니까

환상의 인물이 그림에 나오는 것을 선호하며
그 가상의 인물에 대한 호감도가 상품의 구매로
이어진다는 것이었다. 한번은 단행본 도서의 표지
그림 작업에서 내 주관적인 해석에 따라 소녀의
이미지를 개성 강한 모습으로 그린 적이 있었는데,
결국 그것을 호감이 느껴지는 예쁜 얼굴의 소녀로
다시 그려야 했다. 나는 그때 불안감을 느꼈다.
그 책의 예상 독자는 10대 학생들로, 외모에 과한
관심과 강박을 가지고 있는 아이들에게 내가 그린
표지 그림이 좋은 영향을 줄 수 있을지 스스로에게
되물어볼 수밖에 없었다. 책 표지 그림이 주는
호감을 제외하고, 내 작업물이 외모강박을 부추기는
일에 이바지했다는 점은 부정하기 어려웠다. 하지만
비용을 받고 일하면서 그 비용을 지불하는 사람을
설득하는 것은 쉽지 않다.

　　그래도 상업 작가의 숙명 안에서도 최대한
다양한 모습의 인물을 이미지로 표현하고자 하는
마음에, 요즘은 작업에 들어가기 전에 이런 질문들을
던져본다.

✔ **지금 상황에서 휠체어를 탄 사람은 왜 없는가.**

✔ 사람의 신체를 묘사하는 다양한 방식에 관해
  고민해보았는가.

✔ 특정 그룹 사람들의 선입견을 강화하는 표현을 지양했는가.

✔ 트럭을 운전하는 나이 든 여성은 없는가.

✔ 남성성이 강한 직종은 여성으로 표현되면 안 되는가.

✔ 무의식적으로 지운 존재가 있는가.

✔ 정상성은 무엇인가.

✔ 그림 속 여성과 남성의 성비가 비슷한가.

✔ 특정 분야의 편견을 심화시키지는 않는가.

✔ 묘사 전에 충분히 자료를 찾았는가.

일단 열 가지로 추려보았는데, 이보다 더 많은
질문을 던질 때도 있고 차마 모두 답하지 못하고
넘어갈 때도 있다. 이왕이면 젊은 나이에, 수려한
외모를 갖춘 남성과 여성 그리고 털도 잘 손질된
예쁜 반려동물. 인간은 본능적으로 아름답고 반듯한
이미지에 끌리게 마련이고, 작업하는 나조차도
그것을 이겨내기가 쉽지는 않다. 하지만 이런
관습적인 아름다움을 가진 이미지가 한편으로는
이미 지겹게 그려진, 질리는 이미지이기도 하다.
　이 세상에는 특정 사람들만 존재하는 것이

아니다. 다양한 사람 그리고 그만큼의 다양한
삶이 있다는 것을 인지하는 과정에서 작업의 폭이
넓어진다고 생각한다. 돈을 벌기 위해 상업적인
이미지를 그렸다면 그 수에 비례해서 다양한
사람들의 모습을 담은 이미지를 개인작업이나
비영리단체 일의 방식으로 그려보려고 노력하는
중이다. 아직은 개인작업 위주로 진행하고 있지만,
노인과 어린이, 장애가 있는 사람들의 모습, 유아차를
밀고 가는 아버지의 모습 등을 언젠가 상업적
이미지에도 쓸 수 있는 날을 기대하면서 말이다.

굿즈 제작은
필수일까

　　그림 작가에게 자신의 그림으로 만든 상품
제작은 필수일까 희망 사항일까. 어릴 때 엄마의
손을 잡고 인사동을 왔다 갔다 하던 시절, 대중의
사랑을 너무 많이 받은 나머지 그림을 활용한
제품들이 심하다 싶을 정도로 많았던 작가가 있었다.
바로 육심원 작가다. 내게도 그의 그림이 그려진
수첩이 있을 정도였다. 육심원 작가의 작품은 강렬한
원색으로 칠해진 배경에 다양한 머리색과 화려한
옷차림의 여성들이 그려진 그림들이 다수였다.
얼마 지나지 않아 그의 그림을 활용한 다양한 패션
아이템이 만들어졌고, 인사동에는 놀랍게도 작가의
이름을 딴 브랜드숍이 생기기도 했다. 성장하는 동안
취향이 바뀌어 육심원이라는 이름은 내 추억 한편에
자리 잡게 되었지만, 글을 쓰며 다시 찾아보니

최근에도 무신사 스토어에 입점하는 등 젊은 층을
타깃으로 열심히 상품을 제작하고 있다는 것을 알게
되어 또 한 번 놀랐다.

회화 작가라고 그림만 파는 것은 아니다. 사업
수완이 좋으면 자신의 작업물로 상품을 제작하고
판매해 작가 기반의 브랜드를 만들어 운영할 수도
있다. 요즘은 회화 작가뿐만 아니라 상품이 될 수
있는 소스를 가지고 있는 사람이라면 곧잘 상품도
만들고 자기 브랜드도 만들 수 있다. 한편 누구나
쉽게 만들 수 있기 때문에 육심원 작가의 전성기
때보다 더 살아남기 힘든 환경이 된 것 같기도 하다.

숙명여대 동양화과 학생들을 대상으로 굿즈와
관련된 특강을 진행한 적이 있다. 취업은 예전보다
힘들어지고 당장 먹고살 일이 막막한 회화과
학생들이 바로 돈벌이가 될 수 있는 작품의 상품화에
관한 부분이 궁금했는지, 내게 특강을 요청해왔다.
강의를 준비하면서 지금까지 만들어본 상품들을
꺼내어 한번 둘러보았다. 패브릭 포스터부터 종이
포스터, 파우치 가방, 책, 티셔츠, 책갈피 등 참
많은 것을 만들었다. 어떤 것은 생각보다 만들기

까다로웠고, 어떤 것은 마진이 남지 않았으며,
어떤 것은 제작 과정에서 발생하는 환경오염이
너무 심했다. 그중에도 만들기 수월하고, 마진이
많이 남으며, 환경오염 발생이 덜한 상품이 있긴
했다. 대신 손이 너무 많이 간다는 것이 단 하나의
단점이었는데, 바로 종이로 만든 상품이었다.

그림으로 먹고사는 사람은 만들 수 있는
상품마저 종이와 떨어질 수 없는 운명인 것일까⋯.
작가 입장에서는 당연히 경제성 좋은 상품을 만드는
것이 좋다. 만들 때 품이 덜 들고, 적게 팔아도
만족할 만한 값을 받을 수 있는 효율적인 상품. 그런
고민에서 요즘은 부채 작업을 시작했지만 한 명
한 명 각자 원하는 그림을 부채에 그려야 한다는
점에서, 이번에도 잘못된 선택이 아닌가 하는 생각이
들고 있다. 그래도 일단 받은 주문이니 최선을 다해
작업하는 중이다.

그림 하나를 팔면 몇 달은 일하지 않아도 괜찮은
유토피아적 생각이 먹히지 않는 대한민국에서
먹고살기 위해 발버둥질하는 스스로를 돌아보며,
수심도 모르고 발부터 구르고 있는 것은 아닐까

걱정도 된다. 사실 더 나은 방법이 있는데 괜히 힘을
들이는 것은 아닌지 억울해지기도 하고, 이렇게
힘들게 돈을 벌어야 비로소 돈을 벌었다고 느끼는 나
자신이 진짜 문제일지도 모르겠다는 생각도 든다.

물가가 무섭게 오르고 밖에 나서는 순간 숨만
쉬어도 돈이 나가는 지금의 대한민국에서 살고
있는 나는 이제 외주로만은 먹고살기 힘들어
굿즈를 더 만들 궁리를 하고 있다. 몇몇 작가들은
도자기 작업을 하고, 실크스크린 작업을 하기도
한다. 물론 어떤 형태의 굿즈를 만들든, 모두 엄청난
품이 든다. 기존 그림 작업을 능가하기도 한다.
그렇기에 무엇이 정답인지는 모르겠다. 굿즈 제작은
창작이라기보다는 사업에 가깝다는 것만 깨우치고
있지만, 어쩐지 작품과 상품의 경계에 있는 굿즈를
만들어보고 싶은 나는 오늘도 신선한 형태와 과정을
거친 굿즈를 구상해본다.

166

**개인작업의
치트키**

최근 예정에 없던 개인작업을 시작했다. 부채에
원화를 그려 사람들에게 판매하는 것인데, 생각보다
결과물이 잘 나오고 실용성도 좋아 주문이 꽤
들어와서 여름 한 달 내내 부채에 그림을 그렸다.
그러면서 내가 이런 식의 개인 프로젝트를 시작하게
된 이유에 대해 생각해보았다.
지금의 작업 루틴이 만들어진 지는 그리
오래되지 않았다. 금천구 작업실을 정리하고 집
근처에 작업실을 내게 된 1년도 채 안 되는 시간
동안 잡힌 루틴인데, 생활 반경을 좁힌 덕분에
가능해진 것 같다. 예전엔 하루가 통으로 주어지는
게 감당하기 어려운 때도 있었다. 외주를 받으면
그때만 정신을 바짝 차려 작업을 했고, 일이 끝나면
다시 게을러져서 노는 것과 일하는 것이 구분 없이

얽힌 일상을 보냈다.

　그러다 프리랜서로서의 일상에 적응하게
되면서, 외주작업 후 피드백을 기다리는 동안에는
개인작업을 시작했다. 개인작업이라고 해봤자 의미
없는 낙서와 구분되지 않는 끄적임에 불과해서,
그림이든 굿즈든 제대로 된 결과물을 만들려면
자체적인 마감이 있어야겠다는 생각을 하게
되었다. 그런 생각은 뉴스레터 제작 지원 플랫폼인
'스티비'의 제안으로 뉴스레터를 발행해보면서 더욱
확고해졌다. 스티비로부터 제안받은 프로젝트는
6개월 동안 글과 함께 그림을 유료 레터 형식으로
발행하는 것이었다. 그 과정에서 목표를 하나 더
세웠다. 나중에 뉴스레터의 그림들을 모아 출판사
'아침달'과 달력을 제작하기로 했다. 그렇게 구독자를
모으고 연말에 달력을 만들어야 한다는 책임감을
갖고서 2주에 한 번씩 뉴스레터를 보내기 시작했다.
힘들 줄 알았지만 생각보다 수월했다. 이때의
경험을 기반으로 개인 뉴스레터도 충분히 발행할
수 있겠다는 자신감이 생겼고, 다음 해에 바로 개인
레터 프로젝트를 진행했다.

스티비에서 뉴스레터를 발행했을 때와 비슷하게 마감 날짜를 정했다. 한 달에 두 편에서 세 편의 글과 그림을 발행하는 것. 이후 프로젝트를 생각보다 성실하게 진행해냈다. 이쯤 되니 자신감이 생겼다. 나는 마감에 대한 압박감이 심하지 않고, 일단 마감일을 정하면 곧잘 지킨다는 사실이었다. 다만 조건이 있었다. 개인 프로젝트에 타인을 연결시키는 것이 나의 치트키였다.

예를 들면 '악몽 수집가'라는 주제로 이야기를 만들고 그림을 그리기 시작했을 때 막연한 작업에 늘어지는 순간이 있었는데, 마침 그때 '아침달' 대표님으로부터 출판 제안을 받았다. 그때부터는 다른 사람들과 협업을 해야 하는 프로젝트였기에, 정신 차리고 꾸준히 그림을 그리며 무사히 마감을 마쳤다. 마감 기한이 있는 프로젝트를 타인과 함께하게 되면, 나의 성향 중에 남에게 폐 끼치는 것을 극도로 싫어하는 부분이 발현되어 책임감을 갖고 일을 잘 마칠 수 있다는 것을 그때 알게 되었다.

이러한 작업의 치트키를 스타일을 조금 바꾸어 굿즈 작업에 활용해보았다. 무언가를 만들어보고 싶다면 우선 사람들의 반응을 살피고 예약 구매 방식을 이용해서 주문을 받아 일단 시작해보는 것이다. 사람들에게 돈을 받기 시작하면 책임감이 생겨서 게으른 마음이 수그러든다. 그리고 듣기 싫은 말을 듣는 것에 스트레스를 받는 편이라 굿즈를 구매한 사람들이 만족할 수 있도록 노력하게 되고, 결과적으로는 좋은 작업물과 포트폴리오 그리고 성취감까지 얻을 수 있다.

결국 나의 동력을 타인에게서 가져오는 방식으로 개인작업을 지속하고 있는 셈인데, 무언가를 호기롭게 시작했다가 흐지부지되는 경험이 많았던 나에게는 좋은 방식임에 틀림없다. 마땅한 창구가 없는 작가라면 텀블벅 같은 펀딩 플랫폼을 추천하는 것도 이 때문이다. 다른 사람들의 응원과 관심을 받기 시작하면 혼자 하는 마라톤에 끝이 오게 마련이다.

171

**전시의
경험으로
나를 알리기**

굿즈를 꾸준히 제작해오고 있지만, 몇몇 경험을
하고 나서는 페어나 입점 등은 아주 소극적으로
참여하고 있다. 우선 대부분의 입점 수수료가
나에게는 높게 느껴졌고, 경험상 결과적으로는
플러스마이너스 제로나 마찬가지였다. 대량으로
물건을 만들어내지 않는 이상 단가가 높을 수밖에
없는데, 많이 만들자니 폐기되는 순간 너무나
심각한 환경오염을 일으킨다는 것을 알게 되어
그리고 싶지는 않았다. 내 작업물은 작품이라고도,
굿즈라고도 하기 애매한 위치에 있어 불티나게
팔리는 쪽은 아니라서, 호기롭게 제작해놓고는
재고를 소진하는 데 필요 이상으로 신경을 써야 하는
것도 문제였다. 대중의 선호도를 알고 있긴 하지만,
거기에 나의 스타일을 억지로 맞추고 싶지는 않았다.

북페어 같은 행사도 마찬가지였다. 실내·실외
여부와 상관없이 행사 당일의 상황에 많은 영향을
받았고, 무엇보다 5초 이내로 손님들의 눈길을
잡아야만 판매로 이어지는 경험을 하고 나서는
좀 더 화려하고 자극적인 이미지가 페어에 잘
어울리겠다는 결론을 내렸다. 페어에서 얼굴을
그려주는 이벤트가 열리면 특히 인기가 많은
편인데, 현장에서 사람들을 응대하고 그들의 얼굴을
그려주는 데 필요한 에너지는 단순히 굿즈를
판매하는 경우보다 훨씬 많이 들어서, 여러 가지
경험을 돌아볼 때 나의 작업물을 페어에서 판매하는
것은 좀 어렵겠다는 결정을 내렸다.

그런데 어딘가에 입점하거나 페어를 참여하지
않고 오로지 SNS만으로 나를 알리는 일은 어려운
일이다. 그래서 나는 전시를 택했다. 그림에 큰
관심이 없는 사람도 전시의 경험은 할 수 있다.
생각해보면 보통은 다들 유치원생 때부터 전시를
경험한다. 유치원 수업 중에 무언가를 만들고,
만든 것들을 모아서 1년 중 한 번은 꼭 전시를
열기 때문이다. 예중, 예고로 진학하지 않은 나는

인문계고등학교에서 미술영재수업을 들으며 미대
지망 학생들끼리 모여 주제에 맞춰 작업을 하고
끝에는 전시를 했다. 출품하는 작품의 안내글을
쓰고 작업물을 모아 포트폴리오 형식으로 정리하는
경험을 그때 처음 해봤는데, 당시엔 귀찮기만 했던
것이 후에 내 전시를 할 때 도움이 많이 되었다.

    대학생이 되고 나서는 방학 동안 혼자 전시를
열어보았다. 다니던 대학교 위치 때문에 주로 종로
등지에 있는 카페에서 친분이 생긴 사장님들의
권유로 열게 됐는데, 혼자서 포스터도 만들고 액자에
그림을 넣어 걸면서 그럴듯하게 보이려고 애썼다.
전시 준비가 끝나면 사진을 찍어 블로그에 올리고
사람들과 소통을 하며 전시 홍보를 했다. 액자에
투자를 많이 하기에는 그 당시엔 돈이 없었기 때문에
액자가 아닌 형태로 전시할 수 있는 방법을 찾았다.

    사실, 나는 전시의 구색을 갖추는 것보다 돈이
더 중한 사람이다. 전시야 잠깐 하고 지나갈 일인데
왜 굳이 돈을 필요 이상으로 써야 하는지 이해할 수
없었다. 대학교 과제전과 졸전에 동기와 선배들이
몇 백을 쓸 때, 나는 복수전공으로 졸전 두 개를

준비하며 단돈 30만 원으로 해결했다. 내 작업물이 좀 후져 보여도 어쩔 수 없는 일이었다. 그래도 최대한 구색을 맞추려고 하다 보니 시트지 작업, 목공, 포스터, 굿즈 제작, 케이터링까지 모든 걸 혼자 할 수 있게 되었다. (그러나 이제는 전문가를 돈으로 잠시 빌릴 수 있다면 그것도 복이라고 여기고, 돈으로 해결하려고 노력한다.)

전시는 돈이 정말 많이 든다. 갤러리의 도움을 받지 않는 개인전이라면 온전히 혼자서 감당해야 할 과정이 더 많다. 작년에는 삼청동의 '와옥'이라는 한옥 공간에서 뜻하지 않게 개인전을 진행하게 되었다. 친구의 옛 회사 동료가 삼청동의 한옥에 갤러리 겸 바를 차려 사업을 시작했다고 하길래 같이 축하할 겸 놀러갔다. 한옥을 고쳐 만든 공간으로 생각보다 세련되고 좋아 보여 약간 기가 죽어 있었다. 그런데 친구가 이곳에서 전시를 해보라며 나를 설득하기 시작했다. 나는 시간이 부족해 신작 전시는 도저히 못할 것 같다고 거절했는데, 친구는 포기를 몰랐다. 내가 손이 빠르니 그림을 금방 그릴 것이라며, 고민할 필요 없이 주제를 본인이 정해주겠다고 했다. 고등학생 때부터 친구라 나를 잘 알고 있던 그는 내 SNS를 다시 훑어보더니 술과 담배로 주제를 정하자고 했다.

기존에 그려둔 디지털 형식의 그림들을 손그림으로 옮기기만 하면 되어서, 한 달 만에 준비를 마칠 수 있었다. 이번에도 직접 포스터를 만들고 유리에 붙일 시트지를 주문하고 케이터링을 위해 장을 봐서 와옥으로 향했다. 그런데 때는 1월 25일, 난데없이 한파가 들이닥친 날이었기에 와옥의 모든 수도가 얼었고, 나와 친구는 같이 얼어버린 차가운 손으로 샌드위치를 만들어야 했다. 다행히 주변 지인들이 예상보다 많이 와주셔서 외롭지 않게 전시 오프닝을 할 수 있었다.

전시는 힘들고 괴롭고 외롭다. 아무리 열심히 준비해도 사람들이 와주지 않을 수도 있고, 관심조차 갖지 않을 수도 있다. 품과 돈은 많이 들고 그 모든 노력이 판매로 이어지지도 않는다. 그럼에도 한 사람이라도 관심을 가져준다면 그것만으로 만족할 수 있기 때문에, 늘 닫힌 문을 두드리는 그런 무모한 짓을 계속하는 것이다. 망각에 고마워해야 할지 그 고생을 잊고 또 새로운 전시를 준비하는 것을 보면, 고생 후 돌아오는 뿌듯함의 감정에 중독된 게 아닌가 싶기도 하다. 하지만 한편으로 전시는 나의 수치를 잘 포장해 넣어놓는 행위처럼 느껴지기도 해서, 나의 납작함을 타인에게 여과 없이 보여주어야 한다는 부담감은 여전히 해소되지 않는다. 그래도 그것이 과거에 끝난 수치이든 현재 진행 중인 수치이든 간에, 내심 자랑스러워하며 남들에게 보여준다는 사실에는 변함이 없다. 덩어리 속에 차곡차곡 숨겨둔 급소를 다른 사람에게 내보인다는 것 자체가 두렵고 흥분되는 이상한 쾌락을 건드린다. 그래서인지 나는 매년 전시를 구상하는 사람이 되었다.

영감을 찾아
한눈팔기

작업에 도움이 될 만한 것들을 찾아다닌 세월이 꽤 길다. 어른들은 그것을 '영감'이라고 불렀는데, 내가 보기엔 도토리에 집착하는 다람쥐처럼 무언가 보이면 일단 저장하고 보는 병적인 태도 같기도 하다.

어쩌면 영감이라는 단어에 대한 환상 때문에 수많은 전시를 보러 다니면서 꽤 많은 도파민을 소비했는지도 모른다. 나는 그림에 대한 욕구가 없던 시절부터 엄마 손에 이끌려 전시를 보러 다녔다. 다섯 살, 여섯 살 무렵이었던 그때는 엄마의 욕구를 충족시키기 위해 동행했을 뿐이었다. 육아의 괴로움을 전시를 보는 것으로 풀었던 엄마를 따라다니며 인사동, 삼청동은 가장 만만한 동네가 되었고, 나에게도 잊을 만하면 영감을 채우러 가는

곳간 같은 곳이 되었다. 요즘은 서울 시내뿐만
아니라 지방에도 둘러볼 전시가 많은 편이라 다양한
곳으로 발걸음 하고 있다.

　인사동을 가면 자주 가는 곳이 몇 군데 있다.
일단 종로 2가에서 내려서 탑골공원 왼편 골목으로
들어서면 '미림아트'가 있는데 예쁘고 좋은 화구를
사고 싶을 때 종종 들어가 구경한다. 거기서 쭉
걸어가다 보면 오른쪽 골목 안쪽에 개성만두 집이
있고 그 맞은편 경인미술관에서도 좋은 전시를
종종 볼 수 있다. 겨울에 개성만두 집에서 만두를
먹고 경인미술관을 가면 딱 좋은 코스다. 어릴 때
경인미술관에 처음 갔을 때가 아직도 잊히지 않는데,
신식 건물과 오래된 건물이 어우러진 예스러운
정원이 인상적인 곳이었다. 아무것도 모를 때 받은
좋은 충격으로 남아 대학생이 되어도 혼자 갔다 오곤
했다.
　그다음 행선지는 인사아트센터다. 엘리베이터를
타고 가장 위층으로 올라가 위에서부터 걸어
내려오면서 전시를 보면 딱 좋다. 인사아트센터
옆에는 관훈갤러리가 있는데 그곳은 도전적이면서도

공간과 잘 어우러지는 전시를 자주 열었다. 중학생 때 관훈갤러리에서 일본의 천재 일러스트레이터 준이치 오노의 전시를 보고 놀랐던 기억이 있다. 갤러리 안에 있는 카페도 꽤 좋은 공간이다. 안국역으로 가기 전에 '조금'이라는 이름의 솥밥집과 '토오베'라는 찻집이 있으니 시간 여유가 있다면 가보는 것을 추천한다.

요즘의 북촌은 예전보다 좋은 전시 공간이 더 많다. 송현 녹지 광장의 꽃밭을 구경하고 나면 서울공예박물관을 가도 되고, 국립현대미술관으로 걸어가서 전시를 보고 미술관 안에 입점해 있는 테라로사에서 커피를 마셔도 좋다. 국제갤러리, 금호미술관, 아트선재센터, PKM 갤러리, 학고재는 시간이 많이 지나도 여전히 좋은 전시를 하는 곳이다. 계동 쪽으로 나오면 창덕궁과 담을 공유하는 동네에 고희동미술관이 있다. 그곳에서도 좋은 전시를 많이 하니 가보는 것을 추천한다.

전시를 보러 다니다가 너무 많은 자극에 노출된 까닭에 더 이상 인상에 남는 전시가 없는 것 같을 때면, 뮤지컬과 연극 등 공연을 많이 챙겨 본다.

평면의 작업물을 보다가 실시간으로 움직이는
사람들이 하는 예술을 보면 새로운 자극이 되어
작업에 많은 도움을 받는다. 대신 지갑 사정은 좀
아쉬워지고 있지만.

　다른 예술가들의 전시를 보며 영감을 얻는
습관에서 벗어나기 위해 일상의 부분들을 작업의
자극제로 끌어오려고 노력하기도 한다. 초초분분
단위로 인상 깊은 순간을 자주 갖는 것이다. 별것
없다. 내가 그냥 '인상 깊게' 보면 된다. 사진을
찍기 위해 보아도 좋고 그림을 그리기 위해 보아도
좋다. 20년 넘게 영감을 찾아다닌 결론은 '핵심은
태도'라는 것이다. 사소한 부분에서 폭발적인 자극이
올 수 있기 때문에 생활 관찰자로서의 태도로 사는
게 작업에 도움이 된다.

　모르는 사람과 대화를 나눠보는 것도 좋다.
배타적인 태도로는 공기 중에 떠다니는 영감을
잡아낼 수 없다. (사실 꽤 긴 시간 동안 내가 그런
사람이었다.) 사람을 만나고 웃고 떠들고 이야기하다
보면 정말 좋은 작업의 실마리를 얻게 된다. 예전에
한 프로그램에서 연예인 이효리가 구교환 배우와
이옥섭 감독을 만나 이야기 나누는 것을 보았는데,

그때 이옥섭 감독이 해준 말이 인상적이었다. 사람이 미우면 사랑해버리라는 것이다. 쉽게 사랑하는 것이 나에게도 여전히 어려운 일이지만, 무언가를 사랑하는 순간부터 서사가 만들어진다고 생각한다. 창작자들에게 서사는 작업을 시작하게 만들어주는 좋은 동력이 될 수 있다. 궁금하고, 알고 싶고, 그러다 이야기를 만들어내면 이미 창작이 시작된 것이다. 그래서 매일 쉽게 사랑해보려고 한눈파는 노력을 하고 있다.

모든 창작에는
평가가 붙는다

　창작을 하는 사람에게는 평가가 필연적으로
따라온다. 마치 먹구름이 생기면 비가 내리고, 비가
오면 옷이 젖는 게 당연한 이치인 것처럼 말이다.
내가 좋아서 그린 그림들에 어떤 평가가 붙을지 처음
그림을 그리기 시작했을 때는 전혀 예측하지 못했다.
물론 그게 세 살 즈음이어서 그랬을 수도 있겠다.
　외갓집이나 우리 집 텔레비전에는 케이블
채널이 잘 나오지 않았고, 그나마 나름 자극적으로
느껴지는 장난감은 엄마가 누군가에게 받아온 짝이
없는 대량의 레고 조각들이었다. 그림을 그리다
지겨워지면 레고 조각들이 담긴 커다란 원형
바구니를 뒤집어 아무거나 만들기 시작했다. 집도
만들고 자동차도 만들고 로봇도 만들었다. 규칙이
생기면 없애고 내 맘에 드는 규칙을 만들어야 직성이

풀리는 내게, 스스로 규칙을 만들 수 있는 레고는 가장 좋은 자극제였다. 아마 그때가 창작활동 시기 중 가장 즐거웠던 때가 아니었을까.

어린 시절의 창작에는 후한 평가가 붙는다. 원을 그려도, 점으로 사람 눈 코 입을 대신하기만 해도 모두 잘 그린다고 칭찬한다. 마치 아이가 한 손에는 종이를, 그리고 다른 한 손에는 펜을 들기만 해도 칭찬할 준비가 된 사람들처럼 말이다. 그렇게 늘 칭찬을 받았던 나는 내가 그림을 굉장히 잘 그린다고 착각했다. 그 착각은 운 좋게 중학생 때까지 지속되었다. 사람들의 후한 칭찬이 사라지기 시작한 것은 고등학생 때 본격적으로 입시미술을 시작하면서부터였다.

물론 그전부터 이미 엄마의 평가는 꽤 야박했다. 그리고 인물화 공부를 제대로 시작해야 했던 고등학생 시절부터는 그 평가가 더욱 날카로워졌다. 사실 지금이라고 다르진 않다. 그럴 때마다 내가 "엄마, 이건 예술이고, 나는 일부러 그렇게 그린 거야"라고 끝내지 않는 이상 엄마는 멈추지 않는다. 물론 언제부턴가 엄마도 "또 너는 일부러 그렇게 그렸다고 하겠지만"이라고 먼저 말하고 평가를

시작하기 때문에, 더 이상 내 방어가 온전한 방패가
되긴 힘들지만 말이다.

　중학생 때 내 그림에 대해 이러저러한 평을 한
친구와 크게 싸운 적이 있다. 그림을 잘 그리지
못하고 그릴 생각도 없었지만 어쩐지 그림에 관심은
많은 친구여서 가깝게 교류하던 사이였다. 무언가
모호하게 느낌만을 덧댄 인상 평가가 대부분이라
작가적 태도가 자리 잡을 시점의 나에게는 꽤나
거슬리는 평가였다. 그나마 평가는 '평가자가
예술적인 권위가 있는 사람인가?' 또는 '존경할 만한
사람이 하는 평가인가?'라는 전제가 깔려 있어야
받아들이기 쉬운데, 특히 한창 사춘기 시절에는 그
항목에 맞지 않는 사람들이 내 그림을 평가하는 걸
극도로 싫어했다.
　이후 입시미술을 준비하며 학원 선생님의 평가에
절여진 삶으로 들어섰고, 그렇게 20대도 지나고
나니 평가에 대해 전반적으로 관대해지는 순간이
왔다. 미술대학을 다니면서 나름의 권위자라고 할
수 있는 대학 교수들의 평가를 받으며 4년을 보내고
나니, 누가 무슨 평가를 하든 내가 알아서 필요한

것만 주워 먹으면 된다는 생각이 들었다.

아마 그때는 몰랐을 것이다. 용케 살아남아 지금까지 그림을 그리며 이제는 길 가는 사람에게도 피드백을 받고 싶을 정도로 평가에 목마른 사람으로 성장한다는 것을. 인상 평가도 괜찮고 방향 조언도 좋을 정도로 지금의 나는 거의 모든 평가를 원한다. 이제는 어떤 평가에도 쉽게 흔들리지 않기 때문이기도 하고, 한편 머리를 맞은 듯한 평가를 듣고 싶기 때문일지도 모른다. 평가란 애정에서 비롯되기 때문에 내가 느끼는 것을 남이 볼 수 있다는 것을 아는 것도 좋고, 다른 인상을 말해줘도 도움이 된다. 간혹 어떤 사람들은 누군가가 성장하기를 바라지 않는 마음에 조언과 평가를 하지 않기도 하는데, 발전을 원하는 사람은 작은 실마리로도 폭발적으로 성장할 수 있기 때문에 그것을 경계하는 것일지도 모른다.

저건 모자야   아니 근데 뱀 색깔이 왜저래?

코끼리를 삼킨 뱀인가?   거참, 웃기는   고양이는 뭐고?
                        그림이야

**취향이라는
기준**

　　나의 경우, 남이 듣기 싫은 말을 하기 좋아하는
편이다. 작업에 대해 비판을 넘어 비난이 되는
엄마의 평가를 듣고 산 지 34년, 이제는 듣기 싫은
말도 곧잘 넘겨버리는 사람이 되었고 안타깝게도
상대방이 듣기 싫어하는 말도 곧잘 하는 사람으로
변했다. 임진아 작가님의 에세이 『듣기 좋은 말
하기 싫은 말』을 읽다가 나를 돌아보게 된 것인데,
책 소개를 잠깐 하자면 작가가 일상에서 겪은
에피소드로부터 깨달은 것들을 듣기 좋은 말과 하기
싫은 말을 기준으로 모은 에세이다. 임진아 작가님의
심성이 드러나는 잘 정돈된 문체가 좋아 신간이 나올
때마다 곧잘 찾아 읽는데, 이 책은 적당히 넘치는
글에 중간마다 만화가 적절하게 자리해 있어 새로운
재미를 느끼며 읽을 수 있었다. 특히 남이 듣기

싫어하는 말을 잘하는 나는 책을 읽고 나서는 나도
듣기 좋은 말을 하는 사람이 되어보자, 하기 싫은
말을 최선을 다해 일단 삼켜보자 다짐하며 우선 듣기
좋은 말과 하기 싫은 말 한 가지씩을 생각해보았다.

　내가 듣기 좋아하는 말은 내 작업을 본 사람들의
반응 중 하나인데, "내 취향이야"라는 말이다.
그림은 워낙 취향을 타는 분야이고, 사실 뭐가 더
낫고 뭐가 낫지 않다는 지점도 없다. 그래서 오로지
개인의 취향에 의존해 그림을 그리고 판매한다는
것에 근본적인 어려움을 느끼곤 하는데, 그럴 때
가끔 자신의 취향이라는 구매자의 후기를 들으면
긴장이 슥 풀리는 것만 같다. 나의 타율이 나쁘지는
않았다고 혼자 안심하게 되는 것이다. 이런 반응들은
사소하지만 반짝이는 구슬 같은 확신이 되어 다음
작업을 하는 데 큰 도움이 된다. 티끌 모아 태산을
만드는 작업이지만 이런 티끌에서는 빛이 난다.
쌓아놓고 보니 어찌나 영롱하던지!

　한편 하기 싫은 말은 좀 뻔하다. "내 취향이
아니야"라는 말을 입 밖으로 꺼내지 않기 위해 늘
머리에 힘을 주어 근육을 키우는 중이다. 아무리

결과물이 후지더라도 창작 자체는 굉장히 힘든
과정이다. 창작 윤리에 어긋나서 외부의 질타를
받는 경우가 아니라면, 존재 자체를 두고 개개인의
취향에 맞춰 재단하는 발언은 창작자에게 무척
위험하다. 자아의 일부를 녹여 만들어낸 작업물이
함부로 재단되는 상황 앞에서 제정신을 유지할 수
있는 작가는 드물다. 창작자가 평가를 부탁하는
자리가 아니라면 취향에 근거한 평가는 자제하려고
노력하고, 주변 사람들에게도 그렇게 권하려고 한다.

물론 작업물 자체가 윤리적 기준을 위협하거나
소수의 가치를 침해한다면, 비판은 피할 수 없을
것이다. 작가 스스로 잘못 세운 가치관이 창작물이
되어 타인을 해할 때의 문제는 생각보다 크다. 특히
시각매체는 가장 먼저 이미지로 사람을 현혹하는
매체이기에 더욱 조심해야 한다. 아름다운 모습으로
치장되어 있지만 속에는 칼을 품고 있는 작품을
마주할 때마다 이 사회에 지뢰를 하나씩 묻어두는
것 같다는 느낌을 받는다. 이미지에 현혹된 눈은
진실을 보기 꺼려하고, 그 과정에서 대중의 선호가
편협해진다면, 그 기준에서 먼 사람들부터 소외되기
마련이다.

이 부분은 언제나 토론의 여지가 있기 때문에 늘 고민하기로 하고, 다른 창작자의 작업물을 보고 취할 수 있는 자세에 대해 고민을 해본다. 다른 창작자의 작업물을 두고 내가 취향에 기반해 판단하고 있다는 것이 인지되는 순간, 그 작업물의 장점을 의도적으로 더 많이 보려고 한다. 일단 작업물에 쏟은 창작자의 노동을 유추해본다. 그 작업물을 만들기 위해 화방에 들러 캔버스를 사고, 물감을 고르며, 여러 장의 스케치 중에 고르고 골라 본작업으로 옮기는 과정을 상상하기만 해도 그 작업물을 만든 사람을 존경하게 된다. 그 과정을 몇 년에서 몇 십 년을 해왔을 사람들의 수고로움을 떠올린다. 그러다 보면 그 작업물의 존재가 좀 다르게 다가오는데, 이렇게 인식만 조금 바꾸어도 그 무게감이 달라지고 함부로 말하기 어려워진다.

빈 종이 앞에 선 창작자의 모습을 상상하는 것. 그것에서부터 그 작가에 대한 존중이 시작된다고 생각한다.

프리랜서의
인간관계

    사람으로 태어나 살면서 가장 힘든 것이
사람과의 관계인 것 같다. 인간은 혼자서 살 수
없기 때문일 것이다. 가장 첫 번째로 맺는 관계인
어머니와의 관계부터 아버지, 형제와의 관계까지
소규모 사회생활을 겪고 나면 집 밖에 더 어렵고
힘든 관계가 나를 기다리고 있다. 대부분 그렇듯 나
역시 질풍노도의 시기의 인간관계가 제일 어렵고
힘들었다. 뭣도 모르고 첫 사회생활을 시작한 유치원
시절을 빠르게 지나쳐 초등 6년, 중등 3년, 고등 3년
총 12년을 거치는 내내 관계 맺기는 쉽지 않았다.
기본적으로 내 성격 탓이겠지만 동갑내기들과
관계를 형성하는 것이 특히 어려웠다. 그나마 그림을
그리는 재능이 있어서 사람들의 관심을 잠시 잠깐
끌며 버티지 않았나 싶을 정도였다.

인문계고등학교를 다닌 경험은 극명한 장단점을 남겼다. 이 시기에 정체성이 만들어지면서 또래 친구들과의 관계가 시시해지기 시작했고, 미대입시를 준비하러 가는 학원이 제일 재밌는 공간이 되었다. 우선순위가 바뀌니 교육 과정 이수를 위해 억지로 학교를 가다시피 했다. 그러나 학교에서 미술이 공통분모가 아닌 친구들과 지내면서 또래집단의 성향을 파악하는 데에 좋은 경험을 했다고도 생각한다. 너무 어린 시절부터 고립되어 특정 성향으로 굳어지는 것이 좋지만은 않을 것 같다.

대학교 시절 회화과로 복수전공을 하면서 비슷한 성향의 사람들끼리 모여 꽤나 즐겁게 시간을 보낸 것을 생각하면 결국엔 공통분모의 사람들을 찾는 것이 인간의 평생 숙제인가 싶다. 커뮤니티가 가장 중요한 것이다. 프리랜서 생활을 시작하면서 가장 걱정했던 부분도 고립감이었다. 사람을 만날 일이 없어 관계를 어려워하게 되지 않을까 걱정했지만, 웬걸, 잠깐이었던 회사생활 때보다 사람을 더 많이 만나고 있다. 마치 물 위를 고요하게 유영하는 백조가 아래로는 다리를 미친 듯이 바쁘게 움직이는 것과 비슷한 모양새로 말이다. (내 모습이 백조라는 건 아니다.) 겉으로 보기에는 출퇴근이 따로 없으니 시간적으로 여유 있어 보이지만, 사실 스케줄 관리부터 미팅, 계약서 작성, 작업 등을 혼자서 관리해야 하기 때문에 프리랜서 생활 내내 여유가 있지만 없는 그런 상태다.

코로나 완화 정책 이후로는 외주작업 의뢰가 들어오면 대면 미팅을 선호하는데 직접 만나서 의견을 주고받아야 방향 설정이 더 수월하기 때문이다. 이는 신뢰도 상승에도 도움이 된다. 비슷한 업계의 사람들과 친분도 쌓을 수 있어서 의외로 클라이언트가 종종 친구가 되는 경우도 있다. 이런 경우의 수는 어쨌든 사람들을 만나야 생길 수 있기 때문에 미팅을 선호한다. 온라인상 팔로워가 많더라도 이들을 오프라인으로까지 끌어와야 안정적이고도 실질적인 관계로 발전할 수 있기 때문에, 오프라인상 만남의 기회를 많이 만들기 위해 노력한다.

외주작업 이외에 개인적인 프로젝트로도 사람들을 만날 일이 제법 많다. 책 관련 행사나 강의를 통해 사람들을 만나게 되고, 소통을 하다 보면 그 만남이 일과 관련된 또 다른 프로젝트로 이어지기도 한다. 그래서 내가 13년 동안 프리랜서로 살아도 생각보다 고립되지 않은 삶을 사는 것일지도 모른다. 사실 학창시절보다 지금이 인간관계에서 더 큰 즐거움을 느낀다. 학창시절에는 편협한 시각과 부족한 경험으로 좁은 관계밖에 만들지 못했다면, 일과 취향으로 이루어진 성인의 관계는 안정적이고 풍요롭기 때문이다. 물론 학창시절에는 이제 더는 갖지 못하는 어리숙하고 싱그러운 경험들이 있긴 하다. 학창시절의 인간관계가 어려웠다고 해서 성인의 인간관계가 똑같이 어려울 것이라고 미리 걱정하지 않아도 된다는 걸 그때 알았더라면 더 맘 놓고 즐거웠을 텐데 말이다.

좋아하는 작가를 찾아 페어나 전시를 다니며 온라인의 관계를 오프라인으로 끌어오는 것은 다른 수준의 관계가 만들어지는 순간이다. 같은 분야의 사람들뿐만 아니라 여러 분야의 사람들과 가벼운 수준의 대화를 나눌 수 있는 정기적인 모임이 있어도 좋다. 내 경우, 오전에 하는 운동이 그것인데, 신체적으로 힘든 행위를 다 함께 해나간다는 것에서 비롯한 동지애를 바탕으로 안정적인 관계가 만들어진다. 주 3일 오전에만 만나기 때문에 깊은 대화를 하지 않아도 되는 점도 장점이다. 고립되지 않는 것은 비단 프리랜서뿐만 아니라 모든 인간의 주요 숙제일지도 모르겠다.

동료와의
연대의식

지난 11월, 한 달 동안 서울예술인지원센터를
통해 집단 심리상담을 받았다. 총 4회차의
상담이었고, 30여 명의 예술인들이 모여 각자의
성격 유형을 알아보고 자신이 힘들었던 점을
공유하며 나아갈 방법을 함께 고민하는 그런
시간이었다. 칼 융의 성격 유형 분류를 바탕으로
새로운 검사 방식을 도입해 상담 전에 인터넷
링크를 받아 미리 성격 유형 검사를 한 뒤, 주도형,
우호형, 분석형, 표출형 등으로 분류해서 같은 유형의
사람들끼리 대화도 하고 다른 유형의 사람들에게
조언을 구하기도 했다. 나는 주도형으로 나왔는데
30여 명의 사람들 사이에서 주도형은 여섯 명
정도였어서 예술가 중에서 주도적 성향의 사람들이
그다지 많지 않을 수도 있겠다는 생각도 들었다.

주도형에 대해 설명해보자면 체 게바라나,
잔다르크같이 사람들 앞에 나서서 그들을 이끄는
유형의 성격이라고 한다. 옳고 그름에 민감하고
비합리적인 일이 있다면 앞에 나서서 사람들의
권리를 찾으려는 성향의 사람들이 많고, 그 과정에서
불도저 같은 일 처리 방식으로 사람들의 말을
무시하거나 말을 직설적으로 해서 상처를 주기도
한다. 일에 관심이 많고 효율적인 체계에 대해
고민을 많이 하는 유형이라, 실제로 같은 유형의
사람들끼리 만났을 때 상담 시간 동안 일 이야기만
했다. 주도형이 일을 하면서 누군가에게 의도치 않게
상처를 주는 것은 효율성을 따지다 보니 그렇다는
이유도 알게 되었고, 사람과의 관계는 효율보다
과정이 중요하다는 다른 유형의 조언을 받고 깊은
생각에 빠지기도 했다.

이 상담을 바탕으로 주변 사람들의 성향을
알아보려 했으나, 사람들은 생각보다 복잡하고
완전히 특정한 유형에 속하는 경우는 별로 없었다.
그럼에도 특정 행동은 사람에 따라 좀 더 쉽게
상처받을 수 있다는 점을 배우게 되어, 실제
관계에서 다른 사람을 이해하는 데 도움이 될 것

같기도 하다.

　운 좋게 같이 앉았던 사람들과 장기적인 관계로
발전을 했다. 배우, 감독, 연극, 디자인, 회화 분야에서
활발하게 활동하는 사람들이고, 서로 만나면 일
이야기하는 것을 좋아해서 서로의 분야에 대한
아이디어를 주고받으며 맛있는 것을 먹는 즐거운
모임이 된 것이다. 원래 주로 그림을 그리는 작가들
위주로 만나다 보니 완전히 다른 예술 분야에
대해서는 잘 알지 못했는데, 모임에서 그들의
이야기를 들으며 간접적으로나마 새롭게 알게 되는
지점이 많아서 만남이 늘 기대되고 즐겁다.
　이런 만남과 집단상담을 통해 배운 것이 하나
있다. 동료는 어디에나 있을 수 있다는 점이다.
초·중·고등학교를 거치며 나의 성격이 늘 친구들에게
상처를 주고 관계를 곤란하게 해서 힘들었는데,
대학교를 가니 나와 비슷한 유형의 사람들이 많아
인간관계에 신경을 많이 쓰지 않아도 되어서 좋았다.
그리고 졸업 후에는 삶의 관점이 비슷한 사람들과
만나다 보니, 직종이 같지 않은 점이 오히려
이점으로 다가왔다. 학창시절 나의 성격이 소수 중의

소수라 어려웠던 반면 사회에서 비슷한 사람들끼리
모이다 보니 나와 같은 성향이 다수인 느낌이라
심리적 안정감을 갖게 되었다.

　나와 같은 존재가 다수가 될 수 있는 모임을
찾는 것. 그것이 동료이고 연대의식이라고 생각한다.
튀고 싶지 않아 태도의 평균값이 숨기인 관계가
아니라, 내가 혼자가 아님을 인지시켜주고 내 편을
들어주는 관계를, 살다 보면 언제든지 만날 수 있다.
정말 예상하지 못한 시점에서 말이다. 독특한 특징의
존재들도 모이면 평균값이 되고, 우리는 그 안에서
적절하게 안정을 찾으면 된다.

삶의 방향성
찾기

　　어느 순간부터 작가의 생애를 다룬 영화나
전시가 보기 어려워졌다. 비슷한 일을 하고 있는
사람들의 탄생과 죽음에 좀 더 깊게 이입이 되어서
그런 것 같기도 하지만, 누군가의 시작과 전성기를
지켜보며 엄청난 도파민이 나오는 것을 즐기다가
그가 이미 죽었다는 사실을 다시 받아들이기까지
시간이 오래 걸려서다. 아마 내 죽음도 받아들여야
하는 일이라서 더 그런 걸까.

　　인간으로 산 지 30년이 넘었고, 돈을 버는
창작자로 산 지 13년이 되었지만 여전히 나는
시작하는 단계임을 실감한다. 수많은 전기 영화를
보아도 그렇고 다른 작가의 전시를 보아도 그렇지만
작가의 전성기는 보통 40대부터 시작된다.
30대에도 체력의 한계를 느끼기 시작하는데 40대가

되어야 전성기가 온다니⋯. 물론 길게 보고 계획을
하면 좋겠지만, 몇몇 인간이 100세를 산다고 해서
내 인생도 100세 언저리에서 끝날 것이라는 확신을
어떻게 할 수 있을까.

그림 작업에 대단한 의미를 부여해오다가
최근에는 그림 그리는 행위 자체에 대한 회의감이
들어서 그림을 아예 그리지 않아도 되는 직업을
알아보기도 했다. 손을 쓰는 것은 여전히 좋아하니까
미장을 배워볼까, 도배를 해볼까 하는 식으로 다른
일들을 알아보았다. 혼자서 판단하고 작업하는 일이
점점 괴롭다고 느끼는 와중에 타인의 평가를 피할 수
없는 입장이기도 해서 더 이런 생각이 드는 것 같다.
전업 작가의 삶은 생각보다 복합적이다. 완전히
고립될 수도 없고 완전히 열려 있을 수도 없다.
사람들을 만나 소통하면서 해야 하는 일을 해내고
나면, 다시 혼자 고립되는 시간을 가져야 온전하게
작업할 수 있게 된다. 스스로 작가라고 칭하는 게
좀 어색한 이유도, 일을 처리하는 방식을 보면 나는
늘 장사꾼에 더 가깝다고 느끼기 때문이다. 이런
행위를 반복하다 보면 내 삶의 방향을 어떻게 잡아야

할지 막막해지는 때가 오는데, 그럴 때 주로 작가의
생애를 다룬 영화를 본다.

　최근에 보고 기억에 남은 영화는 엔니오
모리코네의 삶을 다룬 영화였다. 〈엔니오: 더
마에스트로〉라는 제목의 영화는 주로 영화
음악을 만드는 음악가의 생과 작업을 보여준다.
처음에는 일이 잘 들어오지 않아 돈을 벌기 위해
분투하는 모습과 상업적인 음악을 만든다는 이유로
동창들에게 은근한 무시를 당해 스트레스를 받던
그의 모습을 보며, 그 고민과 해결 방식을 내 삶에도
적용해보려고 노력한다. 제법 긴 세월을 창작하며 산
사람들의 삶을 지켜보며 내 삶은 어떤 방향으로 가는
게 좋을지 가늠해보기도 한다.

　사실 그림으로 대의와 명분을 찾기란 쉽지
않다. 개인의 창작 욕구 해소가 1순위였던 시절을
지나, 사람들과 만나 또 다른 화학 작용으로 빚어낸
작업으로 세상을 좀 더 나아지게 하고 싶다는 생각을
하는 지금은, 내 그림으로 나름의 대의와 명분을
만들어 사명감을 가지려고 노력하고 있다.
　현재의 나의 삶은 다른 국면을 맞이한 듯하다.

그래서 더 많이 사람들을 만나고 소통하려고
노력한다. 안에 갇혀 나만의 그림을 그리는 것이
아니라, 사람들과의 소통을 통해 더 좋은 그림이
나올 수 있도록 말이다. 지난 가을에는 짧은
클래스를 열어 참가자들이 자신의 얼굴을 그려보는
시간을 가졌다. 요청을 받아 열어본 클래스였지만
참여한 사람들도 만족하고, 그들과 대화하면서 나도
많은 것을 배우고 느낀 시간이었다. 손에 익지 않은
재료로 과감하게 그릴 수 있는 시기는 처음 시작할
때밖에 없다. 처음 그려보는 것임에도 3주를 지나며
성장하는 사람들의 모습을 보니, 내가 직접 작업을
하지 않아도 다른 종류의 성취감을 느낄 수 있었다.
혼자 고립되어 그림을 그리는 삶보다 사람들과
만나며 예상하지 못한 답을 찾는 과정도 중요하다는
것을 그림을 그린 지 20년이 되어가니 이제야 슬슬
알 것 같다.

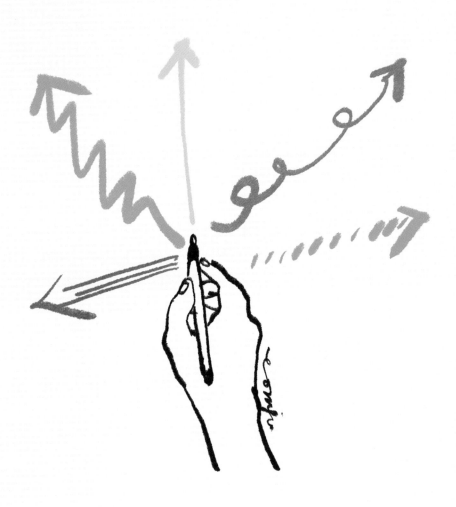

나를 먼저
탐구하기

얼마 전, 조현철 감독의 영화 〈너와 나〉를 보고
많은 생각이 떠올랐다. 말하고 싶은 것을 표현하는
방법과 미감의 간극을 잘 조절하는 것 등 여러
질문이 떠올랐는데, 결국 작업 세계를 어떻게 구축할
것인가에 대한 질문으로 끝났다.

그림을 처음 그리기 시작했을 때는 그리고 싶은
것을 그리느라 별생각이 없었는데, 대학을 가서
본격적인 공부를 시작하며 무엇을 어떻게 그릴
것인가에 대한 질문을 받고 나니 더없이 모호하고
힘들어지기 시작했다. 그렇게 꽤 긴 시간 동안 작업
세계 구축을 위해 노력했다. 스타일을 만들기 위해
애쓰고 내가 그렸을 때 기분이 좋은 그런 그림들을
그렸다. 그리고 여전히 그렇게 그리고 있긴 하지만,
몇 년 전부터는 조금씩 그림에 메시지를 담기

시작했다. 그 시작점은 기념일이나 국가 참사에 대한 애도를 표현하기 위해 그림을 그렸을 때부터였던 것 같다. 메시지의 분명한 의미를 담는 그림이 되기도 하고, 모호하게 그려진 그림도 있었다.

대단히 큰 스케일의 작업을 하는 사람도 아니고, 국립미술관이나 갤러리에 걸릴 회화 그림을 그리는 사람도 아니지만, 디지털 세계에서 이미지가 갖는 힘은 꽤 커서 시간과 의도, 공간이라는 세 가지 요소가 잘 맞아떨어지면 폭발적으로 뻗어나가기도 하기 때문에 그 장점을 많이 이용하는 편이다. 나의 작업 스타일도 그것에 최적화되어 있다고 생각한다.

결국 작업은 작가 그 자체이다. 작가가 어떤 생각을 하는지 어떤 마음가짐으로 세상을 보는지가 고스란히 작업에 반영되고, 그것이 조금씩 쌓여 작가의 세계가 완성되는 틀을 만들어내는 것이다. 조현철 감독의 이야기를 좀 더 해보자면, 영화에서 그의 세상을 향한 시선과 마음을 쓰는 방식이 아주 잘 느껴져 그가 평소에 어떤 생각을 하는 사람인지 알 것 같았다. 아마 그가 영화라는 매체가 아닌 다른 방식을 택해 작업을 하더라도 이번 영화와 비슷한 결의 작품을 만들어냈을 거란 생각이 들었다.

결국 무엇을 이용해서 표현하느냐는 나중의 문제라고 생각한다. 세상을 보는 방식과 마음을 풀어가는 방식이 좀 더 깊은 숙성의 시간을 맞고 나면, 어떤 매체가 되었든 작업의 의미가 일관되게 관통하는 지점이 생긴다. 그러니 가장 먼저 해야 하는 것은 자신에 대한 탐구일 것이다. 작업을 해내는 작업자에 대한 이해도를 높여야 하는 사람. 바로 작가 자신이다. 그리고 나서 세상과 사람에 대한 탐구와 이해를 시작해도 늦지 않는다. 나는 다른 친구들과는 다르게 그 시작이 좀 늦은 편이었고 나에 대한 고민과 탐구를 하는 데 20대 전체를 보냈다. 30대가 되니 비로소 내가 아닌 다른 사람들이 보이기 시작했고 궁금하기 시작했다. 여전히 시작하는 단계인 것이다.

사실 별로 조급하게 생각하지 않는다. 운이 좋다면 여든 살까지는 살 텐데 이제야 30대에 들어선 나의 작업 세계가 미약한 것은 당연한 일일 것이다. 혹여나 요절할지 모른다고 해서 언제 죽을지도 모르는 날을 대비해서 빠르게 만들어간다고 되는 일도 아니고 말이다. 천천히

조금씩 배우며 성장하는 데 가치를 두고 작업과 함께
성장하면 된다. 나의 속도대로 세계를 만들어가면
되는 것이다.

점을 선으로,
선을 면으로

　나이가 들면서 안 좋은 버릇도 같이 생긴다.
웬만하면 알 것 같다고 생각하는 아주 간사한
버릇이다. 작업 방식에 있어 나름 효율적으로 체계가
만들어지면서 관성으로 작업하게 될 때도 있고,
그 과정에서 무료함이 생겨 무엇을 보아도 어떻게
만들어졌는지 알 것 같고, 뻔하다는 느낌 때문에 내
작업에도 흥미가 쉽게 붙지 않는다.
　하나의 작업을 만들기 위해서도 그렇고, 인생
전체를 놓고 보아도 그림을 그리는 일은 매일매일
점을 하나씩 그려 선을 만들고, 선을 하나씩 그려
모아 면을 만드는 일 같다는 생각을 자주한다.
　손에 기술을 익히는 일은 그 성장이 빠르게
보이지 않는다. 아무 생각 없이 끊임없이 반복하다가
시간이 흘러 뒤돌아보면 저만치 성장한 것을

뒤늦게 알 수 있다. 느린 성장을 기반으로 한 아주 긴 호흡의 일인 셈이다. 기술이라는 것은 생각보다 습득하기 어렵고 오늘 잘 익혀도 내일이면 잊어버릴 수 있기에, 매일매일 아주 조금씩 어제의 습득을 반복하고 깨우치고 다시 돌아가며 느리게 전진할 수밖에 없다. 누군가 인생은 직선이 아닌 입체적 시공간 속의 나선형과도 같다고 말한 것이 인상 깊게 남아 있다. 보는 위치에 따라서 같은 자리에 있는 것 같지만 관점에 따라서는 나선형으로 빙빙 돌아 전진하는 중인 것이다.

입시 미술학원에 등록해 수업을 들으면 다양한 선을 긋는 것부터 시작한다. 점을 찍어서 하나의 선을 만들기도 하고 선을 빙글빙글 굴려가며 그리기도 한다. 빗금을 쳐서 그리기도 하고 볼펜이나 연필로 그리기도 한다. 처음에는 이 시간이 너무 괴로웠다. 나는 정말 바로 잘 그릴 수 있을 것 같은데 창피하게 왜 이것부터 시키는지 이해할 수 없었지만 빨리 다음으로 넘어가기 위해 정말 열심히 그렸다. 그러나 지금 와서 생각해보면 그 과정이 모든 기술의 가장 기본이 되어준 것 같다.

선을 긋는 일은 생각보다 쉽지 않다. 직선을 그리고 싶어도 직선이 그려지지 않고 곡선을 그리고 싶어도 제대로 그려지지 않는다. 그냥 아무 생각 없이 될 때까지 계속 주욱주욱 그려야 하는 일인 것이다. 선을 그릴 줄 알게 되면 그다음은 도형의 그림자와 반사광을 찾아 면을 그리는 과정이다. 자잘하고 작은 선들이 모여 면이 되고, 그 면을 잘 분할해서 어둠과 빛, 중간 면 등을 그려내는 것이다. 나는 당연히 이 시간도 별로 좋아하지 않았다. 시간이 많이 걸리는 작업이어서 지루할 뿐이었다. 그러나 이 역시 기본 중의 기본이라 하지 않으면 절대 다음 과정으로 넘어갈 수 없었다.

가끔 내 인생에서 그림을 그리는 일이 어느 지점까지 왔는지 되돌아본다. 점에 있는지, 선에 있는지, 면에 있는지 말이다. 그러고는 곧 가늠하기를 멈추고 다시 할 일을 한다. 성실한 일꾼의 모습으로 작업에 임한다. 사실 예전에는 마치 무능을 잘 포장한 단어 같아서 성실하다는 말이 듣기 싫었다. "일은 못하지만 참 성실해" 같은 말이 떠올랐던 거다. 매일 그림을 그려도 일이 들어오지 않고,

매일 그려도 그림이 늘지 않는 상황은 지옥 끝에서
러닝머신을 뛰면서 어떻게 해서든 그 너머로
떨어지지 않기 위해 애쓰는 모습과도 같았다. 그러나
몸에 지독하게 박혀버린 성실은 실제로 일이 많이
들어왔을 때 진가를 보였다. 일이 많아도 허우적대지
않을 수 있는 건 그때 익힌 성실함 때문일 것이다.
보이지 않는 성실들이 점으로 모여 곧 선이 되고,
선은 천천히 쌓여 면을 만들고, 그렇게 면이 쌓여
인생의 형태를 만든다는 믿음으로 오늘도 선을
그어본다.

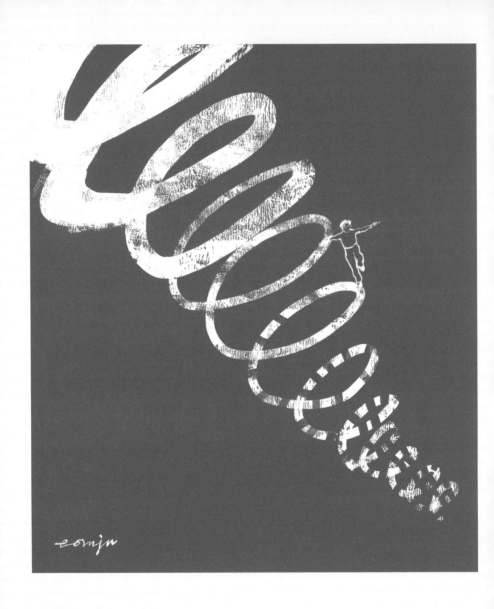

220

나로 살고
나로 죽기

따로 지병이 없더라도 죽음은 누구에게나 예기치 못하게 다가온다. 죽음은 여전히 내게 어려운 주제다. 다섯 살 때 죽음이라는 개념을 처음 인지했고, 이후 살면서 타인의 죽음은 많이 겪었지만 '나의 죽음'에 대해서는 깊이 생각해보지 못했기 때문이다. 그렇지만 나의 죽음을 더 가까이 두고 생각할수록 어떻게 살지가 명료하게 보이는 법이기도 하다. 언제든지 죽을 수 있다고 생각하면서 내가 오늘을 어떻게 살지 고민하는 편이고, 운 좋게 삶의 기간이 길어진다고 느껴지면 좀 더 장기적인 계획을 짜보기도 한다.

처음부터 프리랜서로 살려고 한 것은 아니지만, 성격상 직급으로 나눠진 조직생활은 견딜 수 없음을 제대로 느끼고 나서는 다시 회사로 들어갈 생각은

하지 않게 되었다. 불합리적이고 비논리적인 것조차 당연하게 받아들여지는 조직에서 일하다 보면, 일하는 데 집중하지 못하고 그 부당한 것들에 시비를 걸다가 결국은 싸움으로 끝을 보게 되었다.

　대신 인생은 혼자 하는 긴 싸움이라 생각하고 혼자서 먹고살 수 있는 방법을 찾아내면서 고군분투하기로 마음먹었다. 그 긴 여정에서 가장 확실한 나의 무기가 '그림'이었을 뿐이다. 그러나 그림을 잘 그리는 것 하나만으로는 먹고살기 힘들다는 결론을 내리고서 그림을 활용한 다른 능력을 찾아내어 그것을 일로 만들어보려고 애쓰다 보면, 프리랜서로 사는 건 조직생활을 좀 더 하다가 가장 최후의 방법으로 선택하는 게 낫지 않았을까 싶기도 하다.

　듣기 좋은 소리 한 번 하지 못하고 하기 싫은 일을 참아내지 못해 자발적으로 혼자가 된 지금은, 이왕 이렇게 되어버린 거 제대로 해야 하지 않을까 싶은 이상한 오기도 생긴다. 아마 앞으로도 회사에 들어가서 조직의 일원으로 일하는 경우의 수는 드물지 않을까 싶어, 나를 스스로 지켜낼 수 있는 방법을 지속적으로 찾으며 능력의 품을 키워보는 중이다.

그림으로 돈을 벌게 되었지만 10년이 지났을 때부터는 그림 이외의 능력을 키우기 위해 노력을 해왔다. 사업자를 내면서 세금과 관련된 서류들과 친해지려고 노력했고, 돈 버는 게 시원치 않은 시절에는 예술인 지원금을 받기 위해 해당 사업 관련 서류들과 가깝게 지냈다.

작업실을 구하기 위해 사무실을 알아보고 부동산을 왔다 갔다 하며 새로운 단계로 진입했음을 느꼈고, 지금은 그림과 대척점에 있다고 생각되는 것들을 더 적극적으로 배우려고 애쓰는 중이다. 글을 쓰거나 그림을 그리는 것을 대부분의 사람보다 잘한다고 하더라도 그것만 해서는 발전하지 않는다. 의외로 다소 뜬금없거나 살아가는 데 필요한 것들을 진심을 담아 해낼 때 주요 업무 능력이 향상된다. 특히 창작을 주요 업으로 하고 사는 사람들에게는 창작 이외의 행위들이 의외로 창작에 도움이 되는 경우도 많다. 앉아서 무언가를 주구장창 만들어낸다고 해서 좋은 작업이 많이 나오는 것은 아니니까.

창작을 하는 사람이라면 살면서 다양한 부분에서 영향을 받고 그것이 작업으로 발전되는 경험을 해보았을 것이다. 좋은 작업을 위해서는 (가능하다면) 신속하고 다양하게 한눈을 팔고 다시 작업 공간으로 돌아와서 창작에 집중하는 것이 건강을 위해서도 좋다는 것을 깨달은 이후, 주변으로부터 적극적인 영향을 받기 위해 촉수를 최대한 펼치고 살면서 다양한 경험의 기회가 오면 놓치지 않으려고 한다.

내가 나서서 나의 기회를 제한할 필요는 없다. 당장은 지금 하는 일에 도움이 되는 것 같지 않아도 시간이 지나면 도움이 되는 경험을 종종 해봤다. 내 경우엔 몸이 피로해질 수 있는 경험을 더 적극적으로 하려고 한다. 문명이 발전하면서 몸을 움직이지 않고도 할 수 있는 것들이 늘어났고 창작할 때도 가만히 앉아서 하는 경우가 많기에, 기회가 되면 최대한 몸을 움직이며 얻을 수 있는 감각에 집중해보려고 한다.

밖으로 나가서 사람을 만나고 몸을 굴려 체득하는 것은 앉아서 활자로 지식을 습득하는 것만큼이나 중요한 자산이 된다. 김상욱 물리학 교수가 TV프로그램에서 이런 식의 말을 했는데 기억에 남아 자주 되새긴다.

"물리학을 공부하다 보면 모든 것은 원자로
이루어져 있다는 것을 알게 된다. 사람도
죽으면 없어지는 것이 아니고 원자로 남아
세상을 떠도는 것이다. 절대 없어지지 않는다.
원자의 상태가 정상적이라고 두고 생각해보면
생명이 있는 상태가 비정상적인 상태인
것이다."

　　운 좋게 글도 쓰고 그림도 그리고 밥도 먹고
잠도 자는 사치를 누리면서도 죽음을 가장 가까운
선택지로 두고 산 시절이 있었다. 삶이라는 것이
거저 주어진 것이라고 생각했기 때문이다. 열심히 산
사람도 게으르게 산 사람도 결국 죽음이라는 상태를
맞이하고 곧 다시 원자 상태로 돌아간다고 했을 때,
숨고 쉬고 말도 하고 만지고 생각할 수 있는 영혼과
신체가 있는 지금 이 상태가 얼마나 그리워질까 종종
생각한다. 그때 아쉽지 않도록 지금 살아 있을 때
가능한 다양한 것들을 몸에 남겨보기 위해 애써본다.
　　그리고 그 경험으로 얻은 생각을 글과 그림으로

최대한 많이 남기는 것이 내가 창작을 하는 명분일
것이다.

질문에 답을
찾으려는
사람들

    창작을 해야 사는 사람들이 있다. 쥐어 짜내듯 만들어내는 것이 아니라 자기 안에 포화해 있는 어떤 상념들을 밀어내야 살 수 있는 사람들이다. 그리고 그중 유난히 날카로운 미감을 가진 사람들은 그것을 보기 좋게 포장해 내보인다.

    이들은 삶의 변두리를 조금이라도 아름답게 가꾸기 위해 무언가를 만들거나 그리거나 글로 남겨야 숨이 트이는 사람들이기 때문에, 세상 돌아가는 일보다는 자신을 자극하는 공상에 더 오래 매달려 있는 편이다. 그래서 이런 사람들은 흐름을 따라 타협하며 잘 묻어가는 사람들과 달리 거칠고 어설퍼서 무리 속에 있으면 자꾸 튄다. 감정을 드러내는 데 거침이 없고 진심을 내보이는 데 어려움이 없다. 최대한 자신의 원성(原性)을 지키며 살고자 하는 사람들이기 때문일 것이다.

원성을 살려 사는 사람들은 직면이 어렵지
않다. 창작의 시작은 곧 내면의 대화이고, 그
대화를 위해서는 자기 자신을 인지하고 받아들이는
시간이 필요하다. 내가 무엇을 좋아하는지, 무엇을
싫어하는지 계속 살펴보고 그 질문에서 촉발된
여러 주제들을 다루고 성장하는 과정에서 나름의
세련됨을 찾는다. 반면 직면을 어려워하고 외면과
회피를 거듭하며 살아온 사람들은 자기만의 '왜'라는
질문이 없다. 직면과 성찰, 반성으로 내면을 단단하게
만든 사람들이 빚어낸 작업물을 보고, 과정은
지우고서 그 껍데기만 쉽게 가져오고 싶어 한다.
어릴 때는 무언가를 만드는 행위에 앞서 '왜'라는
질문을 하지 않는다. 소근육 발달을 위해 자꾸
무언가를 만지도록 한 부모의 의도에서 시작된
행동일 수도 있고, 어린이집이나 유치원의 만들기
시간이 자연스러운 시작이었을 수도 있다. 작은
손으로 물건을 잡거나 밀가루 반죽을 만지면서
발달된 손가락 근육으로 성장기에는 더 까다롭고
섬세한 행위들을 시도하며 쾌감을 느끼기도 하고,

그렇게 점점 창작의 세계로 들어간다.

점만 그리던 손은 눈의 형태를 따라 그릴 수 있게 되고 창작의 쾌감을 놓지 못한 아이들은 자연스럽게 예술대학으로 흘러간다. 이제 그곳에서 처음으로 '왜'라는 공식적인 질문을 만난다. 이 질문은 학창시절 또래 친구들에게서 듣던 "너는 왜 그림을 그려?"라든가 "너는 왜 글을 쓰니" "너는 왜 음악을 하니" 따위의 질문과는 다른 무게로 다가온다. 그 '왜'라는 질문 때문에 학생들은 작업을 앞두고 하나둘 무너지기까지 한다.

'그러게. 나는 왜 창작을 했지?'

작업 설명을 쓰기 위해 노트북 앞에 앉으면 도저히 할 말이 떠오르지 않는다. '그냥 했다'는 말은 20대 성인이 하기에는 너무 없어 보이는 대답처럼 느껴지기 때문에, 각자 자신의 책상에 앉아 머리를 쥐어뜯으며 처음 무언가를 만들던 때로 돌아가서 질문을 던지기 시작한다. 바로 그때 다시 한 번 창작자로 태어나는 시기를 겪을 것이다. 딱히 예술 관련 대학을 가지 않아도 자신이 원래 하던 일을 뒤로 하고 창작을 하겠다고 다짐한 사람들이라면 다들 한 번씩 겪는 시기이다.

'나는 왜 이걸 했지?' 이 질문의 답을 찾기 위해 계속 자신과 대화를 하는 수밖에 없다. '나는 무엇을 좋아하는가?' '무엇을 싫어하는가' '내가 중요하게 생각하는 가치는 무엇인가' 등의 질문들을 마음에 잘 심어두고, 때때로 깨달음의 순간이 오면 그 심어둔 질문들이 싹을 잘 틔우고 있는지 확인하며 창작을 이어간다. 이런 훈련을 밥먹듯 한 창작자들은 세상이 돌아가는 데 필요하다는 현실적인 것들(주식, 부동산, 코인, 투자상품 등)에는 관심이 없는 사람들도 많아서 세속적인 기준으로는 한없이 초라해 보일지 몰라도, 그들이 속마저 공허하게 비어 있을 거라고 생각한다면 큰 착각이다.

반대로 근사한 포장 방법만 익혀온 사람들은 쏟아지는 질문들에 몰려 결국 변명 같은 설명만 한다. 작품 설명이 변명이 되는 순간 작품의 입지는 좁아질 수밖에 없다. 남의 눈과 귀를 속여 잠깐은 재미있을 수 있겠지만 그렇게 나온 것이 과연 얼마 동안 살아남을 수 있을지에 대해서는 회의적이다. 직면이 어렵지 않은 사람과 평생 회피만 해온 사람 사이의 간극은 좁혀지거나 멀어질 수는 있어도,

교차되는 지점은 없이 서로 다른 방향으로 계속 뻗어나갈 것이다. 창작물에서 향기가 나거나 악취가 나는 건 진짜로 한 끗 차이다.

물론 모든 상황을 직면하면서 괴로워하거나 일을 어렵게 만들라는 건 아니다. 인생의 시기 중 진지하게 자신을 돌아봐야 하는 상황이 왔을 때, 시간을 갖고 생각할 노력조차 하지 않고 외양에 일관하는 것은 자신의 삶을 더 공허하게 만들 뿐이다. 아무리 바쁘더라도 '나는 무엇으로 사는가' '내 삶의 끝에는 무엇이 남을까' 등의 철학적 질문이 스치는 순간을 놓치지 않고, 그것에 관해 진지하게 생각해보고 답을 찾기 위해 공부를 하는 것만으로도 인간은 성장한다. 인생은 결국 자신이 던진 질문의 답을 스스로 찾아가는 여정인 셈이고, 작가들은 그 도구로 창작을 선택했을 뿐이다.

가늘고
길게

일이 잘 풀리지 않아 새해 들어 네이버 지도
앱에서 '사주'를 검색해서 근처의 아무 사주·타로집을
찾아갔다. 신년운세가 4만 원이었는데 어둡고 좁은
공간 끝에 중년 여성이 뚱한 표정으로 앉아 있었다.
사주를 대충 풀이해서 설명해주는데 말주변이 없는
것인지 같은 말을 반복했다. 오행 중 뭐가 하나 더
있으면 좋은데 그게 없어서 내가 성격이 안 좋다며
계속 악담을 했다. 그러다 쓸데없이 돈 쓰는 일이
많아서 잘 모으지 못한다는 말을 듣고 나니 얼추
맞는 것 같기도 했다. 겨우 이런 말이나 듣자고
돈을 쓰다니. 한바탕 싸우고 싶었지만 저렇게 앉아
남의 팔자 풀이만 하는 사람의 고충도 있겠지 싶어
적선한다 생각하고 나왔다.
그러나 여전히 분이 풀리지 않은 상태였기에

233

집 근처 카페에 들러 시원한 레모네이드나 먹고
정신을 차리자 싶어 버스를 탔다. 버스를 갈아타기
위해 동교동 삼거리 어디쯤에 내렸는데, 이 동네에
점집이나 사주집이 많았던 기억이 나서 미련을
버리지 못하고 다시 지도앱을 열었다. 근처에
자미두수로 운세 풀이를 하는 곳이 있다길래 분을
삭이고 실수를 만회하고 싶은 생각에 무작정
들어갔다. 자미두수가 뭐가 다른지도 잘 모르면서
말이다.

문을 열고 들어가니 밝고 깨끗한 공간에서 중년
여성이 잘 차려입고 업무를 보고 있었다. 생각보다
느낌이 좋아 신년운세를 보겠다고 했다. 예약을
하지 않아도 볼 수 있다고 해서 그 자리에서 바로
자미두수 풀이를 들었고, 제법 납득되는 논리에 바로
종합운세로 바꾸어 들었다. 풀이 선생님은 50분
가까이 설명을 해주셨고 질문도 꽤 많이 받아주며
정성껏 답변해주셨다. 덕분에 나는 작업실 이전
위치까지 추천을 받았다. 운세 풀이의 신기함과
별개로 비슷한 업종의 일을 하는 두 여성을 보고
여러 생각이 들었다. 같은 돈을 받고 비슷한 행위를
하는데 태도가 이렇게 다를 수 있구나.

최근에 운동하고 있는 곳의 강사들이 바뀌었다.
기존에 있던 강사가 관두면서 강사가 아예 바뀐
종목도 있고, 잠시 대강을 위해 강사가 새로 온
종목도 있었다. 필라테스 강좌의 경우 아예 새로운
강사로 바뀌었는데, 2년 만에 필라테스에 관심이
생길 정도로 강의를 잘해주셨다. 애초에 구민센터에
기구 필라테스 강좌가 있는 것만으로도 감사해서
강의 수준은 크게 신경 쓰지 않았는데, 새로 오신
선생님은 회원들의 이름을 다 외운 뒤 자세 교정을
할 때 한 명 한 명 이름을 부르며 봐줬고, 2년간
한 번도 써본 적 없었던 기구실의 볼이나 보수볼
같은 도구를 사용하여 매주 다른 방식으로 운동을
진행했다. 한편 잠시 대강을 하러온 강사는 아무리
4개월만 대신 수업을 맡는다고 해도 너무 성의가
없었다. 수업 시간에 눈은 휴대폰을 보면서 입으로만
동작을 지도하는 모습이 지켜보기에 불편할
정도였다.

이렇게 같은 업계에서 상반되는 모습으로 일하는
사람들을 연이어 만나면서, 돈을 버는 태도에 대해
다시 생각해보게 되었다. 일과 직업의 종류를 떠나

235

한 사람이 돈을 벌기 위해 단기든, 장기든 특정
행위를 해야 할 때, 어느 선까지 하면 되는 것일까.

예를 들어 내가 청소부로 취직을 하게 되었다고
하면, 청소의 종류와 공간의 범위가 대략적으로
정해져 있을 것이다. 그렇다면 내가 돈을 받는
대가로 이행해야 하는 청소 노동의 정도는
어디까지일까 고민을 해보았다.

- ✓ 명시된 공간까지만 바닥을 쓸고 닦으며 쓰레기통을 비우는
  것.
- ✓ 보이지 않는 공간이나, 더럽지 않은 공간도 매일매일 닦고
  쓰는 것.
- ✓ 실내 청소 담당이지만, 실내 청소를 하고 시간이 남아서
  실외 청소까지 하는 것.
- ✓ 담당하는 청소 범위 중에 누락된 곳을 알게 되어 먼저
  제안해서 청소를 하는 것.
- ✓ 청소를 넘어서 공간의 미화를 신경 쓰며 어느 공간에는
  꽃을 갖다 두는 것.

이렇게 목록을 나열하고 보니, 어느 선부터는
돈을 받는 것 이상으로 일하고 있는 것 같기도 하다.

내가 받은 만큼 일하면 되는 것이라면, 그만큼의
노동의 양이나 품질을 책정하는 기준은 누가 정하는
것일까. 돈을 쓰는 입장에서는 노동의 제공자가
돈 받는 것보다는 좀 더 나은 품질의 노동을 하길
원하고, 돈을 받는 입장에서는 노동의 강도에 비해
돈을 좀 더 받길 원할 것이므로 양쪽이 완벽하게
협의를 보기는 쉽지 않을 것이다.

　하지만 아이러니하게도 대부분의 예술 작가들은
작업을 두고 이런 계산을 하지 않는다. 돈을 버는
창작 행위를 노동에 놓고 볼 때와 예술로 놓고 볼
때의 관점은 완전히 다르다. 적당한 노동으로 돈을
벌고 싶다는 욕구는 창작의 욕구 앞에서 한없이
사소한 가치가 되어, 작가들은 받는 돈의 액수를
잊고 몸과 마음을 불태우기도 한다. 그럼에도
불구하고 작품은 돈의 가치로 환산되니 혼란스러울
수밖에 없다. 한순간의 작업을 위해 온 몸을
불태우는 것은 너무 위험한 행위다. 인생은 생각보다
길고 크게 타버린 창작 욕구는 다시 차오르는 데
시간이 오래 걸리기에, 재생의 시간 내내 무기력함에
빠져 있을지도 모른다.

적당히 돈을 버는 깔끔한 장사꾼의 자세와
때때로 발현시키는 예술적 감각으로 오래 돈을 버는
선택지도 있다는 것을 알았으면 좋겠다. 예술이
직업이 되고 생활을 위한 돈벌이가 되면, 자신이
쥐고 태어난 재능을 오래, 조금씩 뿌려나가는 것도
나쁘지 않은 방법이다. 매번 인생의 대작을 만들
필요는 없다는 생각을 하면, 돈과 예술 사이에서
적절한 균형을 찾을 수 있지 않을까. 물론 어떤
태도를 택할 것인지는 자신의 선택으로, 짧고 굵게
살 것인지, 길고 가늘게 살 것인지 생각해보면 된다.
그러나 이 글을 읽는 당신의 팬은 당신이 되도록
건강히 살면서 오랫동안 작업해주기를 바랄지도
모른다.

예술작업을 돈으로 받는 일이 수치스러웠던
적도 있고, 부담스러웠던 적도 있다. 그러나 10년
넘게 나의 재능으로 돈을 벌고 있자니 그런 것을
따질 겨를은 없고, 내일을 위해 오늘 돈벌이를 하는
노동자의 삶을 살고 있다고 느끼는 날이 더 많다.
자본주의 사회에서 자신의 일상조차 콘텐츠로
만들어 돈을 버는데, 재능을 돈으로 바꾼다고
대수일까.

창작으로 돈을 버는 사람들을 보며 염불처럼
속으로 되뇌는 문장은 하나다. 가늘고 길게.

시간이 걸리더라도 차근차근

배현정 작가 인터뷰

배현정 작가님의 존재는 프렌치토스트를 파는
서촌의 어느 카페에서 그가 그린 작은 책을 보고
처음 알게 되었다. 대충 어림잡아도 10여 년 전의
이야기이다. 여느 때처럼 서촌의 카페에서 커피도
마시고 사장님과 농담도 주고받으며 시간을 보내던
중에 배현정 작가님의 책을 보았고, 강아지와
함께한 날들을 만화의 형식으로 그려낸 것이
좋아서 곧장 작가님의 SNS 계정도 찾아보고 대화도
나누게 되었다. 배현정 작가님과 나는 싫어하는 게
비슷해서 싫어하는 것을 함께 피하고, 좋아하는
것을 찾아다니며 (보통 맛있는 것들을 찾아다니는 일이
더 많았다.) 작업 이야기도 자주 나누는 언제 만나도
반가운 사이가 되었다.

작가님의 그림을 처음 보았을 때 '찐고수'의

여유를 느꼈는데, 인물 표현 방식도 좋았지만 특히 동물을 그릴 때 그 애정이 빛을 발해서 더욱 좋았다. 그림을 오래 그리다 보면 섣부른 판단일 때도 있지만 보통 그림의 필체만 보고도 이 사람은 나와 잘 맞을 것 같다는 확신이 들 때가 있는데, 배현정 작가님이 나에게는 그런 사람이었다. 자연물을 그린 작품들도 무척 아름다우니, 본인이 직접 운영하는 출판사 계정@som_press에서 작업물을 살펴보기를 추천한다.

주로 어떤 작업을 하시나요?

→ 자연을 바라보고 쓰고 그리고 만듭니다. 과정과 결과가 종이에 인쇄되는 것을 상상하며 글과 이미지를 모아 책과 판화를 만들어요. 서울을 기반으로 활동하는 1인 출판사이자 그림 스튜디오 '솜프레스'를 운영하고 있습니다.

작업 소재로 자연을 선택한 이유가 있을까요?

→ 어릴 때부터 책을 가까이했고, 쓰고 그리는 일이 제게는 편하고 즐거운 일이었어요. 그래서 글과 그림을 지어 책으로 만드는 과정이 작업으로 이어지는 것은 자연스러웠습니다. 시간이 지날수록

241

몸과 마음이 자연을 향하면서 글과 그림의 소재 또한
자연을 담게 되었어요.

**작업 소재와 방식의 변화가 있었을 것 같은데 어떤 과정이
있었나요?**

→ 2020~2021년이 기점이 되었어요. 2018년부터
솜프레스로 활동하며 국내외 아트북 페어에
참여하고 다양한 문화공간에서 책과 그림 관련
행사를 운영하며 보내왔어요. 그러다 코로나로 인해
모든 것들이 취소, 변경되면서 예상치 못한 시간이
주어졌습니다. 2020년 봄, 혹시나 하고 제출했던
기획서가 서울문화재단의 지원 사업에 선정돼
1년여간 후원을 받으며 주변을 산책하고 보고 느낀
점을 쌓아가는 자연 기록 프로젝트를 진행했습니다.
같은 시기에 참여한 밀도 높은 판화 워크숍에서
새로운 관점과 표현기법을 익혔고, 삼원특수지에서
친환경지 지원을 받은 덕분에 한 해 동안의 결과물을
모아 자연 그림에세이『걸어서 만든 그림』과 워크북
『산책 노트』를 출간해 스스로 새로운 가능성을
확인할 수 있었어요. 그리고 지금까지 이와 연계된
창작, 교육 활동을 이어가고 있어요.

가장 즐거웠던 작업에 대해 이야기해주세요!

→ 저와 반려견 바우의 산책을 담은 그림 편지집
『Long Walks』입니다. 어느덧 열 살을 훌쩍 넘긴
바우와의 산책이 길고 길게 이어지길 바라며 여러
일로 지칠 때마다 틈틈이 그려두었던 바우의
그림을 모아 만든 책입니다. 종종 『Long Walks』를
보고 그림 한 장을 완성하는 데 얼마만큼의 시간이
들었는지 묻는 분들을 만나곤 하는데, 시간을
정해놓고 그린 그림들이 아니라서 답을 못해요.
바우를 그리는 건 즐겁고 오히려 스트레스가
해소되는 일이라 소요 시간을 생각하지 않았거든요.
효율의 측면으로 셈하기 어렵지만 좋아하는 대상을
담은 그림을 엮어 책으로 만들고, 사람들을 만나
소개하는 게 좋았어요. 좋아하는 일을 더 잘하고
싶도록 용기를 불어넣어준 작업이기도 합니다.

**작업은 알 수 없는 벽을 돌파하는 일에 대한 연속인 것
같습니다. 그 과정에서 심신이 괴롭고 지칠 때도 있었을 텐데요.
작가님은 어떤 방식으로 나아가셨나요?**

→ 산책과 여행이요. 요즘은 쌍안경으로 생활 탐조를
즐겨 외출할 때마다 새를 찾아 하염없이 바라보곤

합니다. 또 함께 있으면 즐겁고 좋은 사람들과
보내는 편안한 시간도 중요해요. 아무래도 창작은
혼자 해내야 하는 시간이 꼭 필요하기 때문에,
그 일로 몸과 마음이 힘들어지면 바깥으로 나가
머무는 공간을 바꾸고 사람들과 어울리며 상황을
바꿔보려고 해요.

주로 어디에서 영감을 받으시나요?
→ 주변을 바라보고 크고 작은 것들을 기록하길
좋아합니다. 순간의 감정이나 상황 등 간직하고
싶은 것을 종이 위에 차근차근 기록하는 일은
재밌기도 하고, 시간이 지나 어느 정도 모이면 그
자체로 큰 힘이 돼요. 저만의 자료집이 되는 셈이라
궁금한 점이 있거나 생각이 나면 종종 펼쳐보면서
거기서 찾은 단어 하나, 드로잉 하나에서 무언가를
시작하기도 합니다.

**일과 작업을 병행하는 것이 쉽지 않은데 작가님만의 노하우나
방식이 있으신가요?**
→ 노하우라 할 수 있을지는 모르겠지만, 주어진
일에서 내가 할 수 있는 최선을 다하되 내가 할 수

없는 부분까지는 애쓰지 말자고 생각합니다. 일전에 제지공장에 현장 방문을 했다가 본 문구를 종종 생각해요. "다쳐가면서 해야 할 중요한 일은 없다."

외주작업과 개인작업의 병행을 어떻게 관리하시나요?

→ 저는 멀티플레이어가 되고 싶어 하는 사람에 가깝습니다. 동시에 너무 많은 일을 해내는 것은 어렵기도 하고 아쉬움도 남더라고요. 되도록이면 분기별로 외주작업과 개인작업 중 우선순위를 정하고 해당 기간 동안 성격이 다른 일들이 비슷한 단계로 진행되지 않게 일정과 템포를 조정해요. 그렇게 하더라도 여러 가지 요인으로 일이 한꺼번에 몰리기도 하죠. 그러면 또 해야지요. 하지만 밤늦게 일하는 대신 일찍 일어나 일하기, 자투리 시간을 활용하기, 주변에 도움을 요청하기 등으로 시간을 확보하고 실수를 줄이며 스스로 몰아세우지 않으려 해요.

외주작업을 하면 담당자와 소통을 자주 할 수밖에 없을 텐데요, 소통의 질을 높이는 작가님만의 방식이 있다면 하나만 알려주실 수 있나요?

→ 이건 시간이 해결해준 것 같아요. 처음 일을 시작했을 때는 간절함과 조급함이 뒤섞여 일을 바라보는 시야도 좁고 사려 깊지 못했어요. 하지만 일이 잘 되려면 어떤 것도 혼자 할 수 없단 것을 알아가게 되면서, 일이 성사되기 위해서는 어떻게 해야 하는지, 나는 어디까지 할 수 있는지 살피고 협업하는 사람들의 상황과 마음도 조금 더 헤아리려 합니다. 제 이야기를 잘 전달하는 것도 중요하지만 상대방의 이야기를 잘 들어보는 건 더 큰 도움이 되더라고요.

외주가 아닌 방식으로 소득을 만든다면 어떤 방식을 고민하고 실행해보셨나요?

→ 아… 저도 늘 고민하는 부분인 것 같아요. 어떻게 해야 할까요? 어찌 보면 솜프레스가 저에게는 고민하다가 시도한 다른 방식일지도 모르겠어요. 좋아하고 잘할 수 있는 일과 해보고 싶은 일, 주어진 상황을 늘 함께 생각하는 편인데 그 사이에서

조심스레 균형을 맞추며 솜프레스라는 이름으로 5년 동안 경험과 데이터를 쌓아온 것 같아요. 좋아하는 일로 몸과 마음이 닳지 않으면서도 높은 소득을 낼 수 있다면 더없이 좋겠지만 어찌 세상일이 다 그렇던가요. 선택이 필요할 때는 중요한 것을 먼저 생각해요. 최근, 제게 중요한 것은 좋은 사람들과 함께하는 것, 그리고 장기적 가능성이에요. 자연미술 워크숍을 꾸준히 진행하고 2023년 '플랫폼P 북페어'를 기획, 실행했던 북페어팀 동료들을 때때로 만나 같이 생각하고 여러 가지를 준비하고 있어요.

작가들은 주로 외주작업으로 생활비를 법니다. 외주작업이 아닌 방식으로 돈을 벌 수 있으려면 어떤 노력이 필요하다고 생각하시나요?

→ 몇 년 전부터 SNS상에 n개월 만에 이렇게 하면 얼마를 벌 수 있다, 이렇게 하면 수많은 팔로워를 모을 수 있다 같은 방법론들이 반복해 등장하기 시작했어요. 수상할 정도로 확신에 찬 단정적인 표현을 보고 오히려 그러한 방법론에 집중하지 않게 되었어요. 제가 가진 시간과 에너지는 한정적이라 제게 맞는 걸 찾아 시도하는 게 더 중요하니까요.

또 같은 분야에서 일하고 있는 동료들과의
만남만큼 새로운 분야, 새로운 사람들과 함께하는
것도 중요하다고 생각해요. 다양한 입장과 생각이
자기가 가진 것과 엮일 때 자신만의 무언가가
나올 테니까요. 시간이 걸리더라도 차근차근. 삶은
즉석복권처럼 당장 결과를 알 수 있는 것도 알아야
하는 것도 아닌 것 같습니다.

eonju

Artist's Room _____ *Writer*

Artist's Room _____ *Potter*

Artist's Room ——————————— *Painter*